Grazia Deledda

A mãe do padre
(La madre)

Romance

tradução de Rafael Ferreira da Silva

NOR

Na capa: Giuseppe Biasi, *Uomini e donne in chiesa*, cromolinografia (sobre 1938).

Revisão do texto de Thaís Helena Cavalcanti.

Série "Le Grazie"

PoD Edition

Tìtulu originàriu: *La madre* (Treves, 1920).
Tradutzione dae s'italianu de Rafael Ferreira da Silva.

GRAZIA DELEDDA
A mãe do padre
ISBN **978-88-3309-039-9**

Editziones NOR, carrera Lombardia 11, I-09074 Ilattzi (Aristanis), Sardigna.
www.nor-web.eu – info@nor-web.eu

Apresentação

A mãe do padre foi publicado pela primeira vez como folhetim em 1919 no jornal romano "Il Tempo" e, no ano seguinte, em um único volume por Treves, um editor de prestígio que já contava com numerosas obras de Deledda em seu catálogo.

A mãe do padre chega depois de uma série de romances mais famosos, como *Elias Portòlu* (1900), *L'edera* (1908) e *Caniços ao vento* (1913). Deledda vivia há vinte anos em Roma e já tinha alcançado um grande sucesso de público e de crítica. Apesar dos desacordos sobre a difícil classificação da sua obra, o parecer dos estudiosos era unânime sobre a já alcançada maturidade da sua narrativa, cuja poética tinha sido totalmente formada na Sardenha.

Desde o início do século, os seus romances tinham começado a ser traduzidos[1], e em 1928 a tradução britânica de *A mãe do padre* (*The Mother*), de Mary G. Steegmann, teve o prefácio de David Herbert Lawrence, que tinha viajado para a Sardenha no ano em que o romance tinha sido publicado em livro. É neste momento que a fama internacional de Deledda se confirma.

Lawrence percebeu como este romance era um dos menos típicos da escritora sarda porque falava de um tema universal: a impossibilidade do amor que une um padre e uma mulher. Para o escritor inglês, a Sardenha com as paixões da sua civilização arcaica era de certo modo o foco da narração, na qual é a lógica do instinto a predominar.

No entanto, o ponto sobre o qual a crítica italiana se concentrou foi justo o afastamento deste tipo de narração. Neste romance, a Sardenha é uma presença quase vaga: em destaque estão, por sua vez, as características psicológicas dos personagens envolvidos com

---

1) O romance *A mãe do padre* hoje está traduzido em 16 línguas: inglês (1922), alemão (1922), árabe (1926), finlandês (1928), oriá (1954), espanhol (1956), africâner (1966), francês (1981), esperanto (1983), irlandês (1985), bengali (1986), catalão (2009), tâmil (2014), chinês (2015), sardo (2016) e português brasileiro (2018). Fonte: OCLC WorldCat.

a constante luta entre desejo e proibições, que desta vez refere-se a um dos maiores tabus.

Deledda abandona o conto linear e se dedica a uma moderna narração em que as ações dos protagonistas surgem por meio de sonhos e flashbacks. A presença do diabo e das superstições, a paisagem interiorana e o conselho de que negligenciar as obrigações conduz sempre ao irremediável são imprescindíveis em sua obra.

O tema do celibato sacerdotal, já abordado em *As indecisões de Elias Portòlu*, e o do voto de castidade, como incompreensível sacrifício, confirmam a atualidade e a coragem do pensamento da escritora de Nuoro.

A mãe do padre

Logicamente, também naquela noite, Paulo estava disposto a sair.

A mãe, no quarto ao lado do seu, ouvia-o movimentar-se cautelosamente, talvez esperando para sair assim que ela apagasse a luz e se deitasse.

Ela apagou a lamparina, mas não se deitou. Sentada à porta, apertava uma na outra as suas mãos ásperas de doméstica, ainda úmidas de lavar a louça, pressionando os polegares um contra o outro para tomar coragem; mas a cada momento a sua inquietação aumentava, vencia a sua obstinação na esperança de que o filho se aquietasse, que, como há um tempo, começasse a ler ou fosse dormir. Por alguns minutos, de fato, os passos cautelosos do jovem padre cessaram; ouvia-se somente, de fora, o barulho do vento acompanhado do murmúrio das árvores da encosta atrás da pequena casa paroquial: um vento não muito forte, mas incessante e monótono, que parecia enfaixar a casa com uma grande fita barulhenta, cada vez mais apertada, e tentasse arrancá-la do alicerce e puxá-la para cima.

A mãe já tinha fechado a porta da rua com duas barras cruzadas, para impedir o diabo, que nas noites de vento vaga em busca de almas, de entrar em casa: na verdade, porém, acreditava pouco nessas coisas, e agora pensava com amargura, e com leve deboche de si mesma, que o espírito maligno já estava dentro da pequena casa paroquial; que bebia na jarra do seu Paulo e rodeava o seu espelho pendurado na parede ao lado da janela.

Eis que então Paulo estava se movimentando de novo; talvez estivesse exatamente diante do espelho, embora aos padres isto não fosse permitido. Mas o que não se permitia Paulo, já há algum tempo?

A mãe se lembrava de tê-lo surpreendido bastante naqueles últimos tempos, olhando-se por um longo tempo no espelho, como uma mulher, fazendo asseio e lustrando as unhas, penteando o cabelo para cima, depois que deixou crescer, quase como se estivesse tentando esconder o sacro sinal da tonsura.

Ele também usava perfume, escovava o dente com pós perfumados e passava o pente até na sobrancelha...

Parecia que ela o estava vendo, agora, como se a parede divisória tivesse sido quebrada: negro sobre o fundo do seu quarto todo branco, alto, inclusive bem alto, desengonçado, ia e vinha com o seu passo distraído de jovem moço, tropeçando e escorregando frequentemente, mas retomando sempre o equilíbrio. Tinha a cabeça um pouco grande sobre o pescoço fino e o rosto pálido oprimido pela testa proeminente que parecia forçar as sobrancelhas a franzir pelo esforço de sustentá-las e os olhos longos parecendo quase fechados; enquanto as mandíbulas fortes, a boca grande e carnuda e o queixo duro pareciam, por sua vez, rebelar-se com desprezo a esta opressão, sem poder, porém, libertar-se.

Mas, então, ele parava diante do espelho e todo o seu rosto ficava luminoso, porque as pálpebras se levantavam e, na transparência dos olhos castanhos, a pupila brilhava como um diamante.

A mãe se alegrava, no fundo do seu coração de mãe, ao vê-lo assim, bonito e forte; quando o seu passo cauteloso a chamou à sua pena.

Ele estava saindo, não havia mais dúvida, estava saindo. Abriu a porta do seu quarto. Parou de novo. Talvez ele também forçasse o ouvido aos barulhos ao redor. Só o vento continuava a bater contra a casa.

A mãe tentou levantar, gritar.

"Filho, Paulo, criatura de Deus, pare."

Mas uma força superior à sua vontade a impedia. Os joelhos tremiam, como se tentassem se libertar daquela força infernal: os joelhos tremiam, mas os pés não queriam mover-se; era como se duas mãos poderosas os prendessem ao chão.

Assim, o seu Paulo pôde descer silencioso a escadinha, abrir a porta e sair: o vento pareceu levá-lo dali numa única lufada.

Só então ela conseguiu levantar-se e reacender a lamparina, mas isso também com dificuldade, porque os fósforos faziam longos rastros de luz violeta na parede onde ela os esfregava, mas não acendiam.

Finalmente a pequena lamparina de latão irradiou um véu de luz no quartinho nu e pobre como o de uma empregada, e ela abriu a porta e saiu, escutando. Tremia; ainda assim se movia decidida, dura, bruta, com a cabeça grande sobre o corpo baixote e forte que, coberto com um pano preto desbotado, parecia um tronco de carvalho entalhado com golpes de machado.

Do alto da sua porta, ela via a escadinha de ardósia, íngreme entre as paredes brancas, e, ao fundo, a porta que o vento agitava batendo nas dobradiças. Viu as barras tiradas por Paulo apoiadas na parede, e foi tomada por um ímpeto de ira.

Não, queria vencer o demônio. Pousou a lamparina no alto da escadinha, desceu e saiu também.

O vento avançava sobre ela com violência, inflando o lenço e as vestes, parecia querer forçá-la a voltar para casa; ela amarrou forte o lenço embaixo do queixo, e continuou com a cabeça baixa como para dar com os chifres no obstáculo: assim foi rente à fachada da casa paroquial, ao muro do jardim e à fachada da igreja. Chegando à esquina, parou. Paulo tinha dobrado ali e, quase voando, como um grande pássaro negro, com as bordas da capa esvoaçantes, atravessava o gramado que se estendia em frente a uma antiga casa bem próxima à ladeira que formava o horizonte sobre a vila.

A luz, ora azul ora amarela, da lua escondida por grandes nuvens em corrida iluminava o jardim gramado, a pracinha de terra em frente à igreja e à casa paroquial, e duas filas de casinhas sinuosas nos dois lados de uma estrada inclinada que ia se perder entre as imperfeições do vale. E no meio deste aparecia, como uma outra estrada cinza e tortuosa, o rio que, por sua vez, ia se confundir entre os rios e as estradas da paisagem fantástica que as nuvens, empurradas pelo vento, compunham e descompunham, a cada instante, no horizonte ao fim do vale.

Na aldeia, já não se via nenhuma luz, nenhum fio de fumaça. Dormiam, as pobres casinhas trepadas como duas filas de cabritos no alto da ladeira gramada, à sombra da igrejinha que com o seu frágil campanário, abrigado, por sua vez, sob a ribanceira, parecia o pastor apoiado ao seu cajado.

Os amieiros em fila em frente ao parapeito da praça da igreja se batiam furiosos com o vento, negros e desfigurados como monstros; ao barulho deles respondia o lamento dos choupos e dos bambus do vale: e com toda aquela dor noturna, o arfar do vento e o naufragar da lua entre as nuvens, confundia-se a angústia agitada da mãe que seguia o filho.

Até aquele momento, ela tinha se iludido na esperança de revê-lo descer ao lugarejo para visitar alguns doentes: porém ele corria como que levado pelo diabo em direção à antiga casa na subida da ladeira.

E na antiga casa, aos pés da ladeira, só havia uma mulher sã, jovem e sozinha...

E então, em vez de se dirigir à porta como um simples visitante, ele ia direto à portinha do pomar, e esta se abria e se fechava atrás dele como uma boca negra que o engolia.

Então, ela também se lançou através do gramado, quase seguindo a trilha deixada por ele na grama, até a portinha contra a qual pôs as mãos abertas empurrando com toda força.

A porta não cedeu: pelo contrário, tinha como que uma força de repulsão; e a mulher teve vontade de bater, de gritar: olhou para cima e tocou a parede para testar a sua resistência. Enfim, desesperada, aguçou os ouvidos, mas só se ouvia o barulho estridente das árvores do pomar que, amigas e cúmplices de sua dona, pareciam querer acobertar qualquer outro som ao redor.

A mãe, porém queria vencê-la, queria ouvir, saber... Ou melhor, já que no fundo da sua alma já sabia a verdade, queria ainda se iludir de estar enganada.

Sem querer se esconder mais, caminhou ao longo da parede do pomar, ao longo da fachada da casa, e desceu mais ainda, até a porta do quintal: e apalpava as pedras como se procurasse uma que cedesse, que deixasse um buraco para entrar.

Tudo era sólido, compacto, fechado: a porta do quintal, a portinha, as janelas cheias de grade, pareciam de uma fortaleza.

A lua, naquele momento, clara em um lago azul, iluminava a fachada avermelhada sobre a qual recaía a sombra do telhado inclinado coberto de vegetação: os vidros das janelas, sem persianas, mas com tapa-luz por dentro, brilhavam como espelhos esverdeados refletindo as nuvens, os recortes de azul e as árvores agitadas da ladeira.

Ela voltou atrás, aproximando-se com a cabeça das argolas de ferro fincados na parede para prender os cavalos: parou de novo diante da porta, e, de repente, em frente àquela porta elevada sobre três degraus de granito, colocada sob um arco gótico, listrada de ferro, sentiu-se humilhada, impotente, menor do que quando era criança e ficava ali embaixo com outros meninos do lugarejo esperando que o dono da casa saísse e lhes jogasse algum dinheiro.

Às vezes, naquele tempo longínquo, a porta ficava escancarada e deixava ver uma entrada escura revestida de pedra, com bancos também de pedra. Os meninos se esticavam até o batente gritando e a voz deles ressoava no interior da casa como em uma gruta: uma empregada aparecia para afugentá-los.

– Como? Você também está aqui, Maria Maddalena? Não tem vergonha de andar com os moleques, grande desse jeito?

E ela se afastava intimidada, porém virando-se de novo para olhar com curiosidade o interior misterioso da casa; e assim se afastava agora, apertando as mãos desesperada e virando-se para olhar a portinha que tinha engolido o seu Paulo como um alçapão, mas à medida que refazia os seus passos e retornava para casa, arrependia-se de não ter gritado, de não ter jogado pedras na porta para fazê-la abrir e tentar reaver o filho: arrependia-se, parava, continuava, voltava, movida por uma incerteza angustiante: até que o instinto de se recolher, de reunir melhor as suas forças antes do combate decisivo a encaminhou para a sua casa como um animal ferido à sua toca.

Assim que entrou, fechou a porta e se deixou cair sentada na escada.

Do alto, descia o clarão trêmulo da lamparina, e tudo dentro da pequena casa, até então firme e tranquila, como um ninho entre as rochas, parecia oscilar: a rocha estava abalada nas suas raízes, o ninho estava para cair.

O vento lá fora soprava mais intenso: o diabo limava a casa paroquial, a igreja, o mundo todo dos cristãos.

– Senhor, Senhor! – suspirou a mãe: e a sua voz pareceu a de uma outra mulher.

Então olhou a sua sombra na parede da escada e a saudou com a cabeça. Sim, parecia-lhe não estar só: e começou a raciocinar como se realmente uma outra pessoa a ouvisse e lhe respondesse.

– O que fazer para salvá-lo?

– Esperá-lo aqui até ele voltar e falar com ele alto e claro, mas logo, enquanto você ainda tem tempo, Maria Maddalena.

– Ele vai se irritar. Ele vai negar. É melhor ir ao bispo e lhe pedir para nos mandar embora desse lugar de perdição. O bispo é um homem de Deus e conhece o mundo. Vou me ajoelhar a seus pés: parece que o estou vendo, vestido de branco, no seu salão vermelho, com a cruz de ouro radiante sobre o peito e dois dedos em riste a abençoar. Parece Jesus em pessoa. Direi a ele: «Monsenhor, o senhor sabe que a paróquia de Aar, além de ser a mais pobre do Reino, está sob maldição. Por quase cem anos ficou sem pároco e os habitantes tinham se esquecido de Deus, depois apareceu um pároco finalmente, mas o Monsenhor sabe que homem era aquele. Bom e santo até os cinquenta anos: reergueu a casa paroquial, a igreja, mandou construir uma ponte sobre o rio, do seu dinheiro; e saía para caçar e levava uma vida comum em meio aos pastores e caçadores. De repente, mudou. Tornou-se mau como o capeta. Fazia bruxaria. Começou a beber, tornou-se prepotente e violento. Fumava cachimbo, blasfemava e ficava pelo chão jogando cartas com os piores sujeitos da vila: que, por isso, o amavam e o protegiam; enquanto os outros, por esse mesmo motivo, afastavam-se dele. Depois, nos últimos anos, fechou-se na casa paroquial, sozinho, sem nem mesmo uma empregada: não saía mais, senão para celebrar a missa, mas a celebrava antes do amanhecer e ninguém ia. E dizem que a celebrava bêbado. Os paroquianos não ousavam acusá-lo por medo e porque se dizia que ele era protegido pelo diabo em pessoa: e quando ficou doente nenhuma mulher quis cuidar dele; nem mulheres e nem mesmo homens, os de bem, foram vê-lo nos seus últimos dias; porém de madrugada se viam todas as janelas da casa paroquial iluminadas, e diz-se que, naquelas noites, o capeta estivesse escavando uma passagem subterrânea, de lá até o rio, para pegar inclusive os restos mortais do padre. E por esta passagem o espírito do pároco retornava, nos anos seguintes, depois da sua morte, e imperava ainda na casa paroquial, onde nenhum outro sacerdote queria ir morar. Um padre vinha de uma outra cidade todos os domingos para celebrar a missa e para sepultar os mortos; porém, uma noite o espírito do pároco morto fez a ponte cair. Por dez anos a paróquia ficou sem padre, até que veio o meu Paulo. E eu com ele. O lugarejo e os habitantes estavam embrutecidos, sem fé; mas tudo refloresceu, depois da vinda do meu Paulo: como a terra no retorno da primavera. Porém os supersticiosos diziam bem: cairá uma desgraça sobre o novo pároco porque o espírito do outro ainda reina na paróquia. Alguns dizem que nem morreu; que vive aqui em uma casa subterrânea ligada ao rio. Digo a verdade, eu nunca acreditei nessas coisas, nem nunca ouvi barulhos. Faz sete anos que estamos aqui, com o meu Paulo, como em um pequeno convento. Até pouco tempo atrás, Paulo vivia ainda como um menino inocente: estudava, rezava e vivia para o bem dos seus paroquianos. Às vezes também tocava flauta. Não era alegre, de personalidade, mas era sereno. Sete anos de paz e de abundância como na Bíblia. E não bebia, o meu Paulo, não ia caçar, não fumava, não olhava para nenhuma mulher. Todo o dinheiro que podia economizar, ele economizava para reconstruir a ponte lá embaixo. Agora tem vinte e oito anos o meu Paulo; e então a maldição o pegou. Uma mulher o prendeu nas suas redes. Monsenhor Bispo, mande-nos embora daqui; salve o meu Paulo: caso contrário ele perderá a alma como o antigo pároco. E também é preciso salvar a mulher: é uma mulher sozinha, no fim das contas, exposta também ela às tentações na solidão da sua casa, na desolação deste lugarejo, onde ninguém é digno de lhe fazer companhia. Monsenhor Bispo, Vossa Eminência conhece esta mulher: hospedou o senhor e toda a sua corte quando veio em visita pastoral. Tem de tudo e também espaço naquela casa! E a mulher é rica, independente, sozinha: sozinha demais! Tem irmãos e uma irmã, mas todos longe, casados e morando em outras cidades. Ela ficou aqui sozinha, cuidando da casa e do patrimônio: e sai raramente. O meu Paulo nem mesmo a conhecia, até há pouco tempo. O pai da moça era um homem um pouco estranho, meio senhoril, meio camponês, caçador e herege.

Basta dizer que era amigo do antigo pároco. Não ia nunca à igreja; mas durante a sua última doença mandou chamar o meu Paulo; e o meu Paulo o assistiu até a morte, e lhe fez um funeral como nunca se tinha visto naquelas paragens. Não faltou ninguém do vilarejo: nem mesmo os bebês lactantes nos braços das mães. Então o meu Paulo continuou a visitar a única sobrevivente da casa. E esta órfã vive sozinha com aquelas empregadas grosseiras. Quem a guia, quem a aconselha? Quem a ajuda se não a ajudamos nós?».

Mas a outra lhe perguntou: – Tem certeza, Maria Maddalena? Está realmente certa daquilo que está pensando? Pode mesmo se apresentar ao Bispo e falar assim do seu filho e daquela outra pessoa, com as provas na mão? E se nada for verdade?

– Senhor, Senhor!

Escondeu o rosto entre as mãos e logo viu o seu Paulo e a moça em um cômodo do térreo da antiga casa: um cômodo amplo, que dava para o pomar, com o teto em cúpula, o chão de cimento batido com pedrinhas da praia; uma grande lareira se aprofundava em uma parede, com duas cadeiras aos lados e em frente um sofá antigo; as paredes caiadas ornadas com armas, cabeças de cervo com chifres, quadros com telas pretas, caindo aos pedaços, que mostravam só, aqui e ali, nadando em sombras, algumas mãos de cor terrosa, algumas partes de rosto, uma trança de mulher ou algumas frutas.

Paulo e a moça estavam sentados em frente ao fogo, de mãos dadas...

– Senhor! – repetiu a mãe gemendo.

E para fugir da visão diabólica evocou uma outra. E eis que aquele mesmo cômodo se ilumina com uma luz esverdeada que penetra pela janela gradeada aberta para o gramado, e pela porta em cujo vão cintilam as folhas do jardim, ainda úmidas do orvalho do outono. Passa uma corrente de ar que move algumas folhinhas secas no chão e faz balançar as correntinhas da antiga lamparina de latão em cima da lareira.

Por uma porta entreaberta, veem-se outros cômodos um pouco escuros, com as janelas fechadas.

Ela se vê ali, esperando com frutas de presente, que o seu Paulo manda à dona da casa. E a dona vem, quase correndo, mas um pouco desconfiada; vem dos cômodos escuros; vestida de preto: o seu rosto pálido, fino entre duas conchas de tranças negras e as mãos brancas ossudas emergem da sombra como as das figuras dos quadros em volta.

E mesmo quando aparece por inteiro, à luz do cômodo, a sua pessoa pequena e magra tem um quê de evasivo, de suspeito. Os seus olhos grandes, foscos, fixam logo a cestinha de frutas em cima da mesa, depois envolvem com um olhar profundo a mulher que está esperando, e um sorriso rápido, que é de alegria, mas também de deboche, ilumina a sua boca triste e sensual.

E a primeira dúvida da mãe, ela ainda não sabe por que, nasce naquele momento.

Ela ainda não sabia por que, mas recordava o primor com o qual a moça a tinha recebido, fazendo-a sentar ao seu lado, pedindo-lhe notícias de Paulo. Chamava-o de Paulo, como um irmão; mas a tratava não como uma mãe comum, mas quase como uma rival que precisava agradar para poder ganhá-la.

Pediu para uma empregada descalça, que tinha o rosto coberto como uma árabe, servir-lhe o café em uma grande bandeja de prata; contou-lhe dos seus dois irmãos distantes e poderosos, alegrando-se, sem demonstrar, por figurar em meio aos dois como entre duas colunas que sustentavam o edifício de sua vida solitária. Por último, levou-a para ver o pomar pela porta da sala.

Figos arroxeados cobertos por uma poeirinha prateada, peras e cachos de uva dourados apareciam entre o verde cintilante das árvores e das parreiras. Por que, então, Paulo tinha dado fruta de presente a quem já tinha tanta?

Mesmo agora, na penumbra trêmula da escada, a mãe podia perceber o mesmo olhar irônico e tenro da moça no momento da despedida e o seu modo de abaixar as pálpebras pesadas, como se ela não conhecesse outro modo de esconder os sentimentos que lhe transpareciam pelas pupilas.

E aqueles olhos e aquele jeito de revelar com um ímpeto de sinceridade, mas, logo depois, esconder a própria alma, assemelhavam-se extraordinariamente aos do seu Paulo; tanto que nos dias seguintes, quando por causa do comportamento dele a suspeita crescia e dava medo, ela não pensava com ódio na mulher que o induzia ao pecado, mas pensava em um modo de também salvá-la como se se tratasse de uma filha sua.

O outono e o inverno tinham passado sem acontecimentos que confirmassem a sua suspeita; mas já no retorno da primavera, com o soprar dos ventos de março, o diabo retomava os trabalhos.

Paulo saía de noite e ia à antiga casa.

"Como farei, então, para salvá-los?"

O vento respondia, de fora, batendo na porta, como se debochasse dela.

E ela recordava que também quando veio para a vila, com o seu Paulo, recém-nomeado pároco, depois de ela ter sido empregada por vinte anos e ter resistido a todo estímulo de vida, privando-se do amor e do pão para dar o melhor para o seu pobre menino e lhe dar bom exemplo, um vento furioso os tinha pego durante a viagem.

Era também primavera, mas todo o vale parecia, de repente, tomado da angústia invernal; todas as folhas se torciam, as árvores se dobravam e pareciam olhar de um lado para o outro com medo das nuvens que subiam rápidas, negras e luminosas de todas as partes do horizonte e iam umas contra as outras, como exércitos em batalha; grandes pedras de granizo caíam como bolas furando as folhas tenras.

Na curva, onde a estrada é alta e começa a descer em direção ao rio, o vento tinha investido com tal ímpeto contra os viajantes que os cavalos tinham parado, relinchando, com as orelhas levantadas de medo. E o vento realmente chacoalhava as rédeas como se um bandido tivesse pulado nos seus pescoços para roubar os viajantes. Inclusive Paulo, que também levava tudo com bom humor, gritava com um tom um pouco supersticioso: – É, com certeza, o espírito endiabrado do antigo pároco que quer nos mandar de volta.

O vento lhe roubava as palavras da boca e as jogava longe; e ele tentava sorrir com ironia; um sorriso pela metade que deixava ver só os dentes do lado esquerdo da boca; mas o seu olhar era triste, ao fixar o vilarejo, que surgia como em um quadro, apoiado à descida verde, sobre a faixa agitada do rio, à sombra da encosta cheia de nuvens.

Passado o rio, o vento acalmou-se um pouco. Todos os habitantes do povoado, que esperavam o novo pároco como o Messias, tinham se reunido na praça da igreja.

E eis que, de repente, os mais jovens deles se reúnem em grupo e descem ao encontro dos viajantes até a beira do rio.

Descem como uma revoada de águias da montanha: o ambiente é agitado por seus gritos.

Chegando ao lado do seu pároco, circundam-no, conduzem-no em triunfo, disparando, de tanto em tanto, os seus fuzis em sinal de alegria. Todo o vale ecoa seus gritos e os disparos: inclusive o vento se acalma e o mau tempo cessa.

Mesmo naquela hora de angústia, a mãe palpitava de orgulho revivendo aquela outra hora de triunfo. Parecia-lhe estar sonhando, ser transportada por aqueles jovens barulhentos como se fosse por uma nuvem ardente, com o seu Paulo ao seu lado, ainda tão jovem, em torno do qual todos aqueles homens fortes se inclinavam. Tudo assumia um aspecto quase divino.

E continuam subindo. Nos pontos mais altos e descampados da encosta, brilha uma fogueira, as chamas, com as nuvens negras ao fundo, tremulam como bandeiras vermelhas; o lugarejo cinzento, as ladeiras gramadas, os tamariscos e os amieiros ao longo do caminho são iluminados.

E continuam subindo. Sobre o parapeito da praça, surge uma outra muralha de corpos se esticando, de cabeças ansiosas, na ponta, as dos homens encapuzados; circundadas pela franja esvoaçante dos lenços, as das mulheres. Brilham os olhos das meninas, felizes pelo espetáculo; e ao lado da encosta, as silhuetas magras e negras dos rapazes que acendem a fogueira parecem diabinhos.

Através da porta escancarada da igreja veem-se tremular, como flores de narciso ao vento, as pequenas chamas das velas; os sinos tocam continuamente; e até as nuvens, no pálido céu prateado, acumulando-se todas em torno ao campanário, parecem parar para olhar e esperar.

Um grito se levanta da pequena multidão.

– Olhem! Olhem! Parece um santo!

Dos santos, porém, ele tinha somente o aspecto tranquilo: não falava, não respondia às saudações; não parecia nem mesmo comovido por aquela demonstração popular: só apertava os lábios e abaixava as pálpebras, arcando as sobrancelhas como se a testa lhe pesasse. De repente, a mãe, quando estavam no meio da multidão, viu-o pender para um lado, como se fosse cair: um homem o segurou; ele se levantou logo e correu para dentro da igrejinha, ajoelhou-se diante do altar e rezou o rosário.

As mulheres respondiam chorando.

Aquele pranto de pobres mulheres, que era toda uma expressão de amor, de esperança, de desejo por um bem não terreno, a mãe sentia subir das entranhas naquela hora de angústia. O seu Paulo! O seu Paulo! O seu amor, a sua esperança, o seu desejo por um bem não terreno, então assolado pelo espírito do mal; e ela estava ali parada no pé da escadinha como no fundo de um poço, sem tentar salvá-lo.

Parecia que estava sufocando: o coração cresceu, duro como uma pedra; doeu. Levantou para poder respirar melhor, subiu de novo e pegou a lamparina; e mantendo-a alta, olhou ao redor em seu quartinho nu, onde somente a cama de madeira e um armário carcomido se faziam companhia como dois velhos amigos.

Era um quarto de empregada o seu: ela nunca quis mudar o destino, contentando-se com a riqueza que era para ela ser mãe do seu Paulo.

Passou ao quarto dele: branco, com a pequena cama de solteiro, há tempos este quartinho era arrumado e simples como o de uma mocinha; ele amava a quietude, o silêncio, a ordem, e tinha sempre flores sobre a mesinha de estudo, em frente à janela; há algum tempo, porém não cuidava mais de nada; deixava as gavetas abertas, os livros nas cadeiras e também no chão.

Da água com que ele se tinha lavado antes de sair, exalava um forte perfume de rosa; uma roupa sua estava jogada esticada no chão como uma sombra: a sombra dele caído.

Aquele cheiro, aquela sombra arrancaram de novo a mãe de seu abatimento; pegou com desprezo a veste caída, e sentiu ter tanta força que poderia levantá-lo assim também. Depois, arrumou um pouco o quarto, pisando forte sem tomar o cuidado de amortecer o barulho do seu calçado de camponesa. Reencostou à mesinha a cadeira de couro onde ele se sentava para estudar, e bateu os pés dela no chão como que para ordenar-lhe que ficasse ali e lhe prometesse que ele retornaria logo ao seu lugar: depois olhou para o pequeno espelho pendurado ao lado da janela...

Na casa de um sacerdote não é permitido ter espelhos: ele deve viver sem se recordar que tem um corpo. Nisto, pelo menos, o antigo pároco observava a lei; e era visto da rua fazendo a barba enquanto se olhava no vidro da janela aberta, atrás do qual colocava um pano preto! Paulo, porém, era atraído pelo espelho como pelo olho d'água onde tem um rosto que sorri, atrai e faz cair dentro.

E ela arrancou do prego o pequeno espelho que refletia o seu rosto escuro e desprezado com os seus olhos ameaçadores: a ira pouco a pouco a vencia. Escancarou a janela, deixando penetrar o vento para purificar o ar; e os livros e as folhas na mesa pareciam tomar vida, voando para todos os lados até os cantos mais distantes do quarto; a franja da coberta da cama tremeu toda, a pequena chama da lamparina dobrou-se amedrontada.

Ela pegou as folhas e as colocou de volta na mesa. Viu, então, uma Bíblia aberta, com uma figura colorida de que ela gostava tanto, e se inclinou para vê-la melhor: olha, é Jesus pastor com as ovelhas que bebem água na nascente no meio da floresta. Entre os troncos das árvores, sobre o fundo azul do horizonte, vê-se uma cidade vermelha, iluminada pelo pôr-do-sol: uma cidade santa, a cidade da salvação.

Sim, nos tempos passados, ele virava a noite estudando; a janela em frente a ele se abria para a encosta florida de estrelas; o rouxinol cantava para ele.

No primeiro ano de residência no lugarejo, ele falava que ia embora, que ia voltar para o mundo; depois foi como se estivesse adormecido, à sombra da encosta entre o som das árvores: e sete anos tinham se passado assim, e a mãe não o incitava a se mudar porque eram tão felizes lá em cima, na vila que para ela parecia a mais bela da terra porque ali o seu Paulo era o Cristo e o Rei.

Fechou a janela e recolocou o espelho que refletia o seu rosto empalidecido, com os olhos velados de lágrimas.

Mais uma vez se perguntou se não estava enganada. Virou, antes de sair, para o crucifixo preso na parede em frente a um genuflexório, levantando a lamparina para ver melhor: e no movimento que as sombras fizeram pareceu-lhe que o Cristo descarnado, nu, pendurado na cruz, tivesse esticado a cabeça para escutar aquilo que ela queria lhe dizer. Então grandes lágrimas caíram-lhe dos olhos, pelo rosto, sobre a roupa: e pareciam-lhe de sangue.

– Senhor, salva-nos todos. Eu também, eu também. Tu que estás pálido, sem sangue, com o rosto, sob a coroa de espinhos, doce como a amora na amoreira: tu que estás acima das nossas paixões, salva-nos todos.

E saiu rápido; desceu novamente a escadinha, atravessou os pequenos cômodos do térreo. Com o clarão repentino da lamparina, algumas moscas acordavam zanzando em volta das pontas dos velhos móveis.

Da salinha de jantar, em cuja janelinha alta, o vento e o barulho das árvores da encosta chegavam com cheiro de chuva, passou pela cozinha e sentou-se diante da lareira, onde o fogo já estava coberto de cinza.

Até lá dentro tudo tremulava por causa do vento que penetrava pelas fissuras: e lhe parecia estar, não naquela cozinha comprida e baixa com o teto inclinado sustentado por uma infinidade de traves e estacas enegrecidas pela fumaça, mas em um barco no meio do mar agitado.

E embora decidida a esperar o retorno do filho e a começar logo a luta, tentava ainda acreditar que estava enganada.

Achava injusto que Deus lhe estivesse mandando uma dor assim. E eis que de novo reconstruía todo o seu pobre passado, remexendo nos seus dias para encontrar a semente do mal do presente: e todos os seus dias estavam ali, no seu colo, duros e puros como as contas do rosário que os seus dedos trêmulos desfiavam.

Ela se via mocinha, órfã, na casa de parentes pobres, naquele mesmo vilarejo, maltratada por todos: ia descalça, com trouxas enormes na cabeça, lavar roupa no rio, levar o trigo para moer no moinho. Um tio seu, já quase velho, era auxiliar do moleiro; e toda vez que ela descia até o moinho, se ninguém os estivesse vendo, perseguia-a até dentro da floresta e dos bosques de tamariscos e a beijava espetando o seu rosto com os pelos crespos da barba; e a cobria toda de farinha.

Quando ela contou isso em casa, as tias não a deixaram mais ir ao moinho. Então o homem, que não ia nunca à vila, um domingo voltou à casa e disse que queria se casar com a moça. Os outros parentes riram, davam-lhe empurrões e passavam a vassoura nas suas costas para tirar a farinha; ele os deixava fazerem aquilo, olhando a moça com olhos reluzentes. E ela aceitou se casar com ele; e continuou a ficar na casa dos parentes, mas todo dia descia até o moinho, e o marido, que ela continuava a chamar de tio, dava-lhe uma pequena medida de farinha, escondido do patrão.

Um dia, enquanto subia de volta com a sua farinha no avental, pareceu-lhe que dentro dela se agitava alguma coisa. Soltou assustada as cordas do avental e a farinha se espalhou toda nos seus pés; então caiu sentada no chão, com uma sensação de vertigem: parecia-lhe que havia um terremoto; tudo se quebrava, ao redor as casinhas da vila desmoronavam e as pedras rolavam pela descida. Ela também rolou na grama, branca de farinha, depois se levantou e começou a correr rindo, mas ainda um pouco assustada: tinha percebido que estava grávida.

Logo ficou viúva, com o seu Paulo que ainda não falava, mas tinha olhos luminosos que pareciam querer voar: e tinha chorado o marido como um bom parente, não como um esposo, consolando-se logo porque uma prima lhe havia proposto de ir com ela trabalhar como empregada na cidade.

— Assim você poderá manter o seu filho, e mais tarde fazê-lo voltar e mandá-lo para a escola.

E assim tinha feito, vivendo e trabalhando só para ele.

As ocasiões de pecar, ou de, pelo menos, ter algum lazer, não lhe faltaram; e nem mesmo vontade. O patrão e o empregado, o rural e o burguês, quem não tinha, de certo modo, ido atrás dela, como o tio entre os tamariscos? O homem é o caçador e a mulher a caça: mas ela conseguia fugir das armadilhas, e se conservava pura porque se considerava já mãe de um sacerdote. Por que, então, este castigo agora, Senhor?

Inclinou a cabeça cansada, enquanto algumas lágrimas ainda lhe caíam do rosto até o colo, onde se misturavam com as contas do rosário.

As ideias se confundiam. Parecia-lhe ainda estar na grande cozinha gordurosa e quente do Seminário, onde tinha sido empregada por dez anos, onde, de fato, tinha conseguido que aceitassem o seu Paulo: figuras negras tangiam silenciosas as paredes amareladas, e no corredor ao lado se ouviam as risadas obedientes e os socos que os seminaristas se davam escondido. Ela estava sentada, muito cansada, ao lado da janela que dava para um pátio escuro; e tinha um pano de chão nos joelhos, mas não podia nem mesmo mover um dedo, do tanto que estava cansada.

E também no sonho lhe parecia esperar Paulo que tinha saído escondido do Seminário sem ter-lhe dito aonde ia.

"Se perceberem, mandam-no embora na hora" pensava: e esperava preocupada que os barulhos ao entorno não cessassem, para conseguir fazê-lo entrar despercebido.

De repente, acordou, olhou ao seu redor e viu de novo a cozinha da casa paroquial, estreita e comprida, maltratada pelo vento como um barco: mas a impressão do breve sonho tinha sido tão forte que lhe pareceu ter ainda o pano de chão nos joelhos e ouvir as risadas obedientes e os socos que os seminaristas se davam no corredor.

Um momento e a realidade a retomou: parecia-lhe que Paulo já tivesse voltado, durante aquele seu breve sono, conseguindo fugir à sua atenção.

De fato, entre a oscilação e o crepitar causados pelo vento, ouviam-se passos no interior da casa: alguém caminhava, descia a escadinha, atravessava os pequenos cômodos térreos, entrava na cozinha.

Ela teve a impressão de continuar a sonhar. Um padre baixo e gordo, com o rosto negro de barba por fazer havia muitos dias, estava diante dela e olhava-a sorrindo. Tinha a boca desdentada e os poucos dentes que mantinha estavam pretos por fumar demais: os olhos claros queriam ser ameaçadores, mas parecia que só o faziam por diversão. Ela o reconheceu logo: era o antigo pároco. Mas não sentiu medo dele.

"Mesmo porque é um sonho" pensou. No fundo, porém, parecia-lhe que pensava assim para tomar coragem, e que a aparição, pelo contrário, fosse real.

— Sente-se — disse afastando o seu banquinho para dar-lhe espaço diante da lareira. E ele se sentou, levantando um pouco a túnica e mostrando suas meias turquesa desbotadas e furadas.

— Já que está aqui sem fazer nada, poderia remendar as minhas meias, Maria Maddalena; nenhuma mulher mais cuidou de mim — disse com simplicidade.

E ela pensava: "É este o terrível pároco? Vê-se, de fato, que estou sonhando". E tentou fazer uma brincadeira com ele. — Se o senhor está morto, que necessidade tem de ter meias?

— Quem lhe garante que estou morto? Pelo contrário, estou bem vivo e estou aqui. E logo mandarei seu filho embora da minha paróquia, e você também. Pior para o seu filho, se quiseram vir para cá: era melhor que lhe fizesse ter o ofício do pai, o seu filho. Mas você é uma mulher ambiciosa: quis voltar patroa para onde foi empregada. Agora vai perceber o preço.

— Nós vamos embora daqui — disse ela, humilde e sentida. — É este o meu desejo. Seja você homem vivo ou fantasma, tenha paciência por alguns dias: iremos embora.

— E para onde você quer ir? Aqui ou lá, dá no mesmo. É melhor dar ouvidos a quem entende disso: deixe que agora o seu Paulo siga o seu destino. Deixe-o conhecer a mulher: caso contrário lhe acontecerá como aconteceu comigo. Enquanto eu era jovem, eu não quis saber nem de mulheres, nem de outros prazeres. Eu também queria ganhar o Paraíso, e não percebia que o Paraíso é na terra. Quando percebi já era tarde; o meu braço não conseguia mais colher as frutas da árvore, e os meus joelhos não se dobravam para que eu pudesse beber água da nascente. Então comecei a beber vinho, a fumar cachimbo, a jogar cartas com os moleques da vila. Moleques como chamam vocês; são bons meninos que aproveitam a vida como podem. A companhia deles faz bem; dá um pouco de calor e de alegria, como a de estudantes nas férias. Só que estes estão sempre de férias, e por isso são também mais alegres e despreocupados do que os estudantes, que têm a preocupação de ter que voltar para a escola.

Enquanto ele dizia estas coisas, a mãe pensava: "Ele fala assim porque quer me convencer a deixar o meu Paulo se perder. Foi mandado pelo seu amigo e patrão, o diabo: preciso estar atenta".

Mas, contrariada, escutava-o com prazer e quase lhe dava razão. Pensava que, apesar dos seus esforços, até o seu Paulo podia se perder, entrar "de férias" ele também, e o coração de mãe já saía em busca de desculpas para ele.

– Pode ser que o senhor tenha razão – disse, cada vez mais humilde e sentida, mas agora com um pouco de fingimento, – eu sou uma pobre mulher ignorante e não entendo nada; mas uma única coisa certa eu sei: que Deus nos colocou no mundo para sofrermos.

– Deus nos colocou no mundo para aproveitarmos; Ele nos faz sofrer para nos castigar por não termos sabido aproveitar, isto sim, mulher idiota. Deus criou o mundo com todas as suas belezas e depois presenteou ao homem para que aproveitasse: pior para quem não entende. De resto, não me importa convencer-lhe, como você pensa. O que me importa é expulsar vocês para longe daqui, você e o seu Paulo. Pior para o seu filho, se vocês quiseram vir para cá.

– Iremos embora daqui, não duvide, iremos embora logo. Isto eu posso prometer ao senhor: não penso em outra coisa.

– Você fala assim porque tem medo de mim. Porém está errada em ter medo. Você acredita que tenha sido eu, a paralisar os seus pés e a impedir os fósforos de acenderem: e pode ser que tenha sido eu, mas não quer dizer que, por isso, eu queira fazer mal a você e ao seu Paulo. Só quero que vão embora daqui: preste atenção porque se não mantiver a sua palavra, você se arrependerá; vamos nos rever e lhe lembrarei esta nossa conversa. Por agora, eu lhe deixo as minhas meias para remendar.

– Está certo. Vou remendá-las para o senhor.

– Feche os olhos, então, porque não quero que você veja as minhas pernas nuas. Ha, ha, – ele riu, tirando o sapato de um pé com a ponta do outro, e inclinando-se depois para tirar as meias, – nenhuma mulher jamais viu a minha carne, embora tenham me caluniado: e você é velha e feia para ser a primeira. Aqui uma meia, aqui a outra: voltarei logo para pegá-las...

Ela abriu os olhos e deu um solavanco. Estava de novo sozinha, na cozinha circundada pelo barulho do vento.

– Que sonho, meu Deus – murmurou suspirando. Contudo, ela se abaixou para procurar as meias, enquanto lhe parecia ouvir os passos leves do fantasma indo embora sem, porém, sair pela porta.

Quando já estava no gramado, depois de ter deixado a moça, Paulo teve também a impressão de que o vento tivesse algo de vivo, de ambíguo: empurrava-o para lá e para cá; dava-lhe uma sensação de frio, depois do sonho ardente, e ao mesmo tempo lhe colava a roupa no corpo, e naquele contato ele recordava com um arrepio a mulher agarrada a ele no abraço de amor.

Na curva da igreja, o ímpeto do vento foi tão forte que ele teve que por um instante parar com a cabeça abaixada segurando com uma mão o chapéu e com a outra a veste: faltava-lhe ar; teve uma sensação de vertigem como sua mãe na subida do vale quando percebeu que estava grávida.

Ele também sentia, e era uma sensação de desgosto e de torpor ao mesmo tempo, que dentro dele naquele momento nascia alguma coisa terrível e grande: percebia, pela primeira vez com plena consciência, que amava a mulher com amor carnal e que se alegrava com este seu amor.

Até poucas horas, tinha se iludido, dizendo a si mesmo e a ela que a amava só espiritualmente. Reconhecia, porém, que tinha sido ela a primeira mulher a olhar para ele. Desde o primeiro encontro deles, os olhos dela tinham procurado os seus com um olhar que implorava ajuda e amor.

E pouco a pouco, ele tinha se deixado levar por aquele olhar, tinha se aproximado dela com uma sensação de piedade: a solidão que os assolava os impelia um ao outro.

E depois que os olhos se buscaram, as mãos se encontraram: e naquela noite se beijaram. E então o sangue dele, quieto há tantos anos, queimava tudo como um líquido ardente: a carne cedeu, vencida e vencedora ao mesmo tempo.

E a mulher tinha lhe proposto de fugir da cidade, de viver ou morrer unidos. Inebriado, ele tinha aceitado a proposta; deviam se encontrar na noite seguinte para combinar melhor.

Agora a realidade do mundo externo, e aquele vento que parecia querer desnudá-lo, tiravam-lhe o véu do engano.

Parou ofegante em frente à porta da igreja. Sentia-se todo gelado; parecia-lhe estar nu no vilarejo e que todos os seus pobres paroquianos, no seu sono cansado, viam-no assim: nu, negro de pecado.

Ainda assim pensava no melhor modo de fugir com a mulher. Ela tinha lhe dito que tinha muito dinheiro...

Teve o desejo de voltar atrás imediatamente e dissuadi-la: de fato, deu alguns passos rente ao muro por onde tinha passado um pouco antes a mãe; depois voltou desorientado, caiu de joelhos diante da porta da igreja, onde apoiou a testa gemendo.

– Meu Deus, salve-me.

Sentia bater nas costas a capa negra da sua túnica: e por alguns momentos ficou assim, como um abutre pregado vivo na porta.

Toda a sua alma se debatia selvagem, com a respiração ofegante mais impetuosa do que a do vento no alto do monte: uma luta suprema entre o instinto cego da carne e a imposição do espírito.

Então, levantou-se, sem saber bem ainda quem tinha vencido. Porém já se sentia mais consciente e se julgava. Disse a si mesmo que, mais do que o terror e o amor de Deus e o desejo de elevação e a repugnância ao pecado, aterrorizava-o o medo das consequências de um escândalo.

E o seu mea-culpa impiedoso o encorajava, prometia-lhe a salvação. Mas, no fundo, sentia-se já preso à mulher como à própria vida; levava-a consigo, na sua casa, na sua cama; e teria dormido com ela, envolvido no emaranhado de seus longos cabelos.

E sob a sua aparente dor, no fundo do seu ser sentia um tumulto de alegria arder como um fogo subterrâneo.

Mas assim que abriu a porta da casa paroquial, foi atingido pelo facho de luz que saía da cozinha e atravessava a salinha de jantar e a entrada: então viu a mãe sentada como em uma vigília fúnebre diante do fogo apagado; e, com uma sensação de angústia que não o abandonou mais, entendeu logo toda a verdade.

Atravessou os pequenos cômodos seguindo aquele caminho de luz, tropeçou no degrau da porta da cozinha e chegou até o fogão com as mãos estendidas à frente como que para se proteger da queda.

— E por que a senhora ainda está de pé? — perguntou com tom brusco.

A mãe virou-se, palidíssima, com o rosto ainda marcado pelo personagem do sonho; estava parada, quieta, quase dura: os seus olhos procuravam os olhos do filho, enquanto ele fugia daquele olhar.

— Eu o estava esperando, Paulo. Onde você estava?

Ele sentia que qualquer palavra que não fosse verdade seria, entre eles dois, um teatro inútil: porém precisava mentir.

— Na casa de uma doente — respondeu logo.

A sua voz forte pareceu por um instante dissipar o pesadelo. Um instante. A mãe se iluminou de alegria: depois a sombra lhe recaiu sobre o rosto, sobre o coração.

— Paulo — disse devagar, abaixando os olhos com uma sensação de vergonha, mas sem hesitar mais, — aproxime-se, preciso falar com você.

E mesmo ele não se aproximando, ela continuou sussurrando, como se estivesse lhe falando no ouvido: — Eu sei onde você estava. Há muitas noites que o ouço sair; e esta noite o segui e vi onde você entrou. Paulo, pense no que está fazendo.

Ele ficou calado: parecia não estar ouvindo. A mãe voltou a levantar os olhos; via-o alto acima dela, com uma palidez mortal, imóvel na sua sombra na parede como Cristo na cruz.

Ela queria que ele gritasse, protestando a sua inocência.

Ele, em vez disso, repensava no grito da sua alma diante da porta da igreja: e eis que Deus o tinha ouvido e mandava-lhe a própria mãe para salvá-lo. Quis se debruçar, cair-lhe sobre o colo, pedir-lhe para levá-lo logo embora outra vez daquela vila; e ao mesmo tempo sentia o queixo tremer de humilhação e de raiva: humilhação por ver a sua fraqueza descoberta; raiva por ter sido vigiado e espionado. Porém sofria também pela dor que causava a ela.

Pensou logo que não precisava somente se salvar, mas salvar também as aparências.

– Mamãe, – disse aproximando-se e pousando-lhe uma mão sobre a cabeça – estou lhe dizendo que eu estava na casa de uma doente.

– Não há doentes naquela casa.

– Nem todos os doentes ficam na cama.

– E então você está mais doente do que a mulher que vai visitar, e precisa se tratar. Paulo, eu sou uma mulher ignorante, mas sou sua mãe: e digo-lhe que o pecado é uma doença pior do que qualquer outra porque corrói a alma. E depois, – acrescentou, pegando-o pela mão e puxando-o para baixo para que ele se inclinasse e a escutasse melhor, – não é somente você que deve se salvar, filho de Deus... Pense que também não deve perder a alma dela... e nem causar-lhe dano nesta vida.

Ele tinha se inclinado bastante, mas logo se endireitou como um vergalhão de aço: a mãe o tinha acertado no coração. Sim, era verdade, em toda aquela hora de inquietude, depois de deixar a moça, só tinha pensado em si.

Tentou retirar a mão da mão dela, dura e fria, mas estava apertada de modo absurdo; e teve a impressão de estar amarrado, preso, conduzido ao cárcere.

De novo pensou em Deus. Era Deus que o prendia; precisava deixar-se conduzir; mas sentia também a irritação e o desespero do preso culpado que não vê escapatória.

– Solte-me, – disse áspero, retirando a mão com força, – não sou mais um menino e enxergo sozinho o meu bem e o meu mal.

Então a mãe sentiu-se gelar toda: parecia que ele tinha confessado o seu erro.

– Não, Paulo, você não enxerga o seu mal. Se você o visse não falaria assim.

– E como deveria falar?

– Não deveria gritar, mas dizer que não tem nada de mal entre você e a moça. Mas, isto você não diz, porque na sua consciência não pode dizer: e então é melhor que você não fale. Não fale: não estou lhe perguntando; mas pense bem naquilo que você está fazendo, Paulo...

Paulo, então, ficou calado, movendo-se lentamente: quando chegou ao meio da cozinha, parou, esperando que ela continuasse.

– Paulo, eu não tenho mais nada a dizer, e não quero lhe dizer mais nada. Mas vou falar de você com Deus.

Então ele saltou ao seu lado de novo, parecendo que queria lhe bater; os seus olhos brilhavam.

– Basta! – gritou. – A senhora faria muito bem em não falar mais disto; nem comigo, nem com ninguém. Guarde para a senhora a sua imaginação.

Ela levantou-se, dura, firme: agarrou-o pelos braços e forçou-o a olhá-la nos olhos; depois o soltou e tornou a se sentar, com as mãos cruzadas no colo e os polegares que se apertavam, fazendo força um contra o outro.

E ele fez como se fosse embora; então, voltou atrás, começou a caminhar de um lado para o outro pela cozinha. O ruído do vento acompanhava o barulho da sua roupa; e era um barulho como de roupa de mulher, porque ele tinha mandado fazer uma túnica de seda e o manto de um tecido finíssimo.

E naquele momento de incerteza, enquanto tinha a impressão de estar no meio de um rodamoinho, até aquele barulho lhe falava, dizia-lhe que a sua vida agora era um furacão de erros, de futilidades, de coisas vis. Tudo lhe falava; o vento, de fora, que lhe recordava a longa solidão da sua juventude, e, dentro, a figura triste da mãe, o crepitar do seu passo, a sua própria sombra.

E para cima e para baixo, para lá e para cá, ele queria pisar a sua sombra, queria vencer a si mesmo. Pensou com orgulho que não precisava de uma ajuda sobrenatural, como ele tinha invocado, para se salvar; mas logo teve medo desse orgulho.

– Levante-se e vá para a cama – disse para a mãe, voltando para o seu lado; e, como a viu imóvel, com a cabeça baixa, como adormecida, inclinou-se para vê-la melhor e percebeu que ela chorava em silêncio.

– Mamãe!

– Não, – ela disse sem se mover – eu não vou mais falar disso com você, nem com ninguém; mas só vou me levantar para sair da casa paroquial e da vila de uma vez por todas, se você me jurar que não põe mais o pé naquela casa.

Ele se levantou, tomado de vertigem: de novo a superstição o venceu sugerindo-lhe que prometesse o que a mãe pedia, já que era o próprio Deus que lhe pedia através dela. Ao mesmo tempo um gole de amargas palavras subia-lhe aos lábios: sentiu vontade de gritar, de jogar na cara da mãe que o tinha tirado de sua cidade para colocá-lo em um caminho que não era o seu; mas de que adiantava? Ela nem entenderia. Sai, sai! Com a mão, parecia enxotar as sombras que passavam diante de seu rosto: então, de repente, estendeu essa mão sobre a cabeça da mãe e pareceu-lhe que seus dedos um pouco abertos se alongavam em raios luminosos.

– Mãe, juro à senhora que não voltarei mais àquela casa.

E logo se afastou com a impressão de que tudo tivesse terminado. Estava salvo. Mas atravessando o pequeno cômodo ao lado, ouviu a mãe soluçando forte como se estivesse chorando sobre ele morto.

Dentro do seu quarto, o perfume de rosa e a aparência de todas as coisas que tinham sido embebidas e coloridas pela sua paixão atordoaram-no de novo: ficou indo de um lado para o outro sem saber por que, abriu a janela, imergiu a cabeça no vento; e lhe pareceu ser uma das mil folhas da ribanceira esticadas no vazio, ora no cinza da sombra, ora na luz radiante da lua, ao sabor do vento e do jogo das nuvens. Enfim se levantou, fechou a janela e disse em voz alta: – É preciso ser homem.

E voltou ao normal, e lhe pareceu ficar todo duro e frio, envolto em uma couraça de orgulho. Não queria mais sentir a sua carne, nem a dor, nem a alegria do sacrifício, nem a tristeza da sua solidão; não queria nem mesmo se apresentar a Deus para receber a palavra de aprovação que se dá ao servo diligente: não queria nada de ninguém. Só seguir reto, sozinho, sem esperança. Mas tinha medo de deitar e de apagar a lamparina. Começou a ler as Epístolas de São Paulo aos Coríntios; mas as palavras cresciam diante dele, ou corriam pelas linhas como se estivessem fugindo. Por que sua mãe chorava assim depois do seu juramento? O que ela podia entender? Sim, entendia; com a sua carne de mãe entendia a angústia mortal do filho, a sua renúncia à vida.

De repente, corou e levantou o rosto escutando o vento.

"Não precisava jurar" disse a si mesmo com um sorriso ambíguo. "Quem é realmente forte não jura. Quem jura, como eu jurei, está também pronto para quebrar o juramento, assim como eu estou pronto."

E logo sentiu que a luta começava de verdade: e teve tal desconcerto que se levantou e foi se olhar no espelho.

"Então você está aqui, marcado por Deus: se você não se entregar a ele, o espírito do mal lhe tomará irreparavelmente."

Então foi cambaleando até a pequena cama, jogou-se vestido e pôs-se a chorar. Chorava baixo, para não ser escutado, para não ouvir ele mesmo o seu pranto; mas dentro de si gemia forte, gritava com todo o seu coração.

"Deus, Deus, pegue-me; leve-me de uma vez."

E sentia um verdadeiro alívio porque lhe parecia ter se abandonado sobre uma tábua de salvação que o transportava através do mar da sua dor.

Cessada a crise, retomou o raciocínio.

Eis que agora tudo lhe parecia claro, como uma paisagem da janela sob a luz do sol. Era padre, acreditava em Deus, tinha se casado com a Igreja, tinha jurado castidade: era como um homem casado, em suma, que não deve trair a mulher. Por que tinha amado e amava aquela mulher não sabia precisamente. Estava talvez em uma idade de crise física, por volta dos vinte e oito anos; a sua carne adormecida pela longa abstinência, ou melhor, fechada ainda em uma espécie de prolongada adolescência, tinha acordado de repente e tendia àquela mulher porque era a mais parecida com ele, ela também não era tão jovem, mas ainda era inexperiente e sem amor, fechada na sua casa como em um convento.

Assim, a princípio, tinha sido um amor mascarado de amizade. Tinham se entrelaçado em uma rede de sorrisos, de olhares: a mesma impossibilidade de amar os aproximava; ninguém suspeitava deles, e eles mesmos se encontravam sem preocupação, sem medo, sem desejo: o desejo, porém, se infiltrava pouco a pouco no amor casto deles como uma água silenciosa sob uma parede que, de repente, apodrece e desmorona.

Mas em todas estas coisas ele pensava. Descendo bem fundo na sua consciência encontrava a verdade: sentia ter desejado a mulher desde a primeira troca de olhares, desde o primeiro olhar tinham se possuído. Todo o resto era engodo com o qual ele tentava se justificar aos seus próprios olhos.

Então, era assim. E ele aceitava a verdade. Era assim; e era assim porque a natureza do homem é esta: sofrer, amar, unir-se, aproveitar, sofrer mais. Fazer e receber o bem, fazer e receber o mal: esta é a vida do homem. E todo o seu pensar não lhe tirava um grama da angústia que lhe pesava no coração; e agora entendia o verdadeiro sentido desta angústia: era o sentido da morte, já que renunciar a amar, a possuir aquela mulher, era renunciar à própria vida.

Mas depois pensava: não é vaidade também isto? Passado o instante do prazer do amor, o espírito retoma o controle de si, retorna, ou melhor, refugia-se com mais desejo de solidão na prisão do corpo mortal que o reveste. Por que, então, sofrer por esta solidão? Não a tinha aceitado e vivido por tantos anos? Os mais frescos da sua vida? "Mesmo que eu pudesse realmente fugir com Agnese, e me casar com ela, eu ficaria igualmente sozinho dentro de mim..."

Porém só de pronunciar o nome dela, só a ideia da possibilidade de viver com ela, fizeram-no dar um solavanco e estremecer;

e então de novo sentiu a mulher deitada ao seu lado: Pareceu-lhe abraçá-la, fresca e suave como um junco, falava-lhe no seu pescoço tépido, no cabelo solto com um cheiro quente e selvagem como a flor do açafrão. E disse-lhe, mordendo o travesseiro, todos os versículos do *Cântico dos Cânticos*, e quando acabaram, disse-lhe que voltaria a ela no dia seguinte, e que estava feliz por causar dor à sua mãe e a Deus, e por ter jurado, e por ter abandonado o remorso, a superstição, o medo, por quebrar tudo e voltar para ela.

Então, de novo, retomou o raciocínio.

Como o doente se contenta em conhecer pelo menos o diagnóstico do seu mal, ele se contentaria em saber pelo menos porque estava lhe acontecendo tudo aquilo. Queria também refazer toda a estrada da sua vida como a mãe.

O barulho do vento acompanhava as suas recordações mais antigas e mais vagas. Ele podia se ver em um quintal, onde, não sabia; talvez o quintal da casa onde a mãe trabalhava; em cima do muro com outras crianças. O muro era cheio de cacos de vidro pontudos como pontas de punhal: isto não impedia os meninos de enfrentá-lo, mesmo cortando as mãos; pelo contrário, sentiam um certo gosto em se cortar, e mostravam o sangue um ao outro, depois se limpavam na axila, imaginando que assim ninguém perceberia as suas feridas. Do muro eles viam só a estrada, onde tinham permissão de ir: mas amavam subir no muro porque era proibido; e se divertiam jogando pedras nas poucas pessoas que passavam, escondendo-se depois, entre o prazer da proeza realizada e o medo de ser descobertos. Uma mocinha deficiente física e surda estava sentada perto do local de guardar a lenha, no fundo do quintal; e de lá de baixo os via com dois grandes olhos escuros, suplicantes e severos: os meninos tinham medo dela, mas não ousavam molestá-la, pelo contrário, abaixavam a voz como se ela pudesse escutá-los, e às vezes a convidavam para brincar com eles. Então a menina ria, com uma alegria quase louca, mas não se movia do seu cantinho.

Ele estava ainda vendo aqueles dois olhos profundos, já cheios de uma luz de dor e de vontade; Via-os no fundo da sua memória como no fundo do quintal misterioso: e parecia-lhe que se assemelhavam aos de Agnese.

Depois ele se via na mesma estrada onde jogava pedras nos passantes, porém mais abaixo, na curva em direção a uma viela úmida, fechada ao fundo por um grupo de casebres pretos.

Ele morava entre a estrada e a viela, em uma casa de gente direita, todas mulheres gordas e sérias que fechavam portas e janelas com o pôr-do-sol e recebiam só outras mulheres e padres com os quais brincavam também, mas rindo só com os lábios, com modos.

Tinha sido, na verdade, um desses padres que um dia, depois de tê-lo pego pelos braços, apertando-o forte entre as pernas ossudas e levantando vigorosamente com a mão o rosto tímido envergonhado, tinha lhe perguntado: – É verdade que você quer ser padre?

Ele fez que sim com a cabeça: e depois de ter recebido uma imagem sacra e um doce, ficou ali em um canto escutando as conversas das mulheres e dos padres; falavam do pároco de Aar, contando que ia caçar, fumava cachimbo e estava deixando crescer a barba: todavia o bispo não queria proibi-lo porque dificilmente outro padre concordaria em ir para um lugarzinho no meio do nada. Além disso, o pároco insolente ameaçava amarrar e jogar no rio quem ousasse tirar o seu lugar.

– O pior é que a gente simplória de Aar lhe quer bem e tem até medo dele e dos seus sortilégios. Alguns acham que é o Anticristo. As mulheres dizem que o ajudarão a amarrar e jogar no rio o sucessor.

– Você ouviu, Paulo? Se você virar padre e quiser ir para a cidade da sua mãe, prepare-se para beber.

Maria Helena era uma mulher que brincava e que cuidava dele e quando o penteava o puxava para si e com o seu ventre quente e o seu peito macio dava-lhe a impressão de uma almofada acolchoada. Ele queria muito bem a esta Maria Helena; apesar do corpo abundante, ela tinha um rosto fino, com as bochechas com veias rosa e os olhos castanhos de uma doçura sensual; ele a olhava de baixo a cima, como se olha uma fruta madura na árvore: talvez ela tenha sido o seu primeiro amor.

Então começaram os dias do Seminário. A mãe o havia conduzido lá em uma manhã de outubro, azul, perfumada de mosto. Eis a ladeira, e no alto o arco que une o Seminário à casa do bispo, encurvado como uma grande moldura no quadro da clara paisagem de casinhas, de árvores, de degrauzinhos de granito, com a torre da catedral ao fundo. A grama renascia no calçamento em frente à casa do bispo: passavam homens a cavalo, e os cavalos tinham as pernas longas, os jarretes peludos, as ferraduras brilhosas. Ele notava estas coisas porque olhava para o chão, um pouco envergonhado de si, um pouco envergonhado da mãe. Sim, por que não dizê-lo de uma vez por todas? Estava envergonhado da sua mãe, porque era empregada, porque era daquele lugarejo de gente simplória. Só mais tarde, muito mais tarde, venceu este seu instinto ignóbil por vontade e orgulho; e o tanto que se envergonhara da sua origem, mais se vangloriou depois, perante a si mesmo e perante a Deus, escolhendo viver no miserável vilarejo, e submetendo-se à sua mãe, respeitando as suas vontades mais módicas e os seus hábitos mais mesquinhos.

Mas a lembrança de sua mãe empregada, ou melhor, menos que empregada, escrava na cozinha do Seminário, entrelaçavam-se às recordações mais humilhantes da sua adolescência. Mas ela servia para ele. Nos dias de confissão e comunhão, os superiores o forçavam a ir beijar a sua mão para pedir-lhe perdão pelas faltas cometidas. Aquela mão que ela enxugava rápido com o pano tinha cheiro de água sanitária e era toda rachada como um muro velho; ele sentia vergonha e raiva ao beijá-la, mas pedia perdão a Deus por não poder pedir perdão a ela.

Deus, aliás, tinha se revelado a ele assim, como que escondido atrás da sua mãe na cozinha úmida e enfumaçada do Seminário; Deus que está em todo lugar, no céu, na terra e em todas as coisas.

Nas horas de euforia, quando com os olhos arregalados no escuro, no seu pequeno quarto, pensava maravilhado "Eu serei padre; eu poderei consagrar a hóstia e fazê-la Deus", pensava também na mãe, e, de longe, não a vendo, amava-a, reconhecia que devia a ela sua própria grandeza, a ela que em vez de mandá-lo pastorear as cabras ou transportar sacos de trigo para o moinho, como os mais velhos, fazia dele um sacerdote, alguém que podia consagrar a hóstia e transformá-la em Deus.

Assim ele concebia a sua missão. Não tinha conhecido nada do mundo: as cerimônias das grandes festas religiosas eram as suas recordações mais coloridas, mais sensuais. Recordando-as através do lamento ininterrupto da sua angústia do presente, elas ainda o excitavam, uma sensação de alegria, de luz: estavam ainda à sua frente como grandes quadros vivos; a música do órgão na catedral e a sensação de mistério das cerimônias da semana santa se fundiam com a sua dor presente, com a angústia da vida e da morte que o prendia à sua cama como Cristo ao sepulcro; Cristo morto que deve ressuscitar, mas cujas carnes ainda sangram e a boca está queimada de vinagre.

Durante um desses períodos de perturbação mística, havia conhecido pela primeira vez a mulher. Ainda agora pensando nisso, parecia-lhe um sonho, nem ruim nem bom, só estranho.

Em todas as festas, ia visitar as casas das mulheres onde tinha estado quando jovem: elas o recebiam como se já fosse um sacerdote, íntimas e também alegres, mas sempre decorosas e ele enrubescia olhando Maria Helena; enrubescia com um pouco de desprezo por si mesmo porque, embora gostasse ainda da moça, ela aparecia na sua crua verdade, gorda, flácida e disforme. Mesmo assim a sua presença, os seus doces olhos, o excitavam.

Frequentemente ela e as irmãs o convidavam para almoçar nos dias de festa. Uma vez, no Domingo de Ramos, enquanto elas arrumavam a mesa e esperavam outros convidados, ele, que tinha chegado cedo, saiu para o pomar e começou a caminhar rente à mureta de proteção, por baixo das árvores cobertas de folhinhas douradas.

O céu era de um azul leitoso, o ar quente e suave por causa do vento de levante: já de longe se ouvia o canto do cuco.

De repente, enquanto se levantava na ponta dos pés para tirar infantilmente uma pérola de resina de uma amendoeira, viu na viela depois do murinho dois olhos esverdeados de pupilas longas que o encaravam. Pareciam os olhos de um gato; e toda a pessoa da mulher, vestida de cinza, sentada apoiada nos cotovelos, no degrauzinho de uma portinhola preta no fim do beco, tinha um quê de felino.

Ainda a via nitidamente, diante de si: parecia-lhe ter ainda entre o polegar e o indicador a gota mole da resina, enquanto os seus olhos fascinados não podiam desprender-se dos dela. E sobre a portinha via uma pequena janela circundada por uma faixa branca, com uma pequena cruz em cima. Ele conhecia bem, desde menino, aquela portinha e aquela janela: e aquela cruz contra as tentações o fazia rir, porque a mulher que morava na casinha, Maria Paska, era uma mulher perdida. Ela estava ali ainda diante dele, com o seu lenço com franjas, aberto sobre o pescoço branco, e os pingentes de coral como duas longas gotas de sangue. Com os cotovelos nos joelhos e o rosto pálido e fino entre as mãos, Maria Paska não para de olhá-lo, e finalmente lhe sorri, sem se mexer: os dentes brancos, serrados, os olhos levemente cruéis, acentuam a expressão felina do seu rosto. De repente, porém, ela deixa cair as mãos no colo, levanta a cabeça e faz uma expressão pesada e triste. Um homem gordo, com o gorro puxado de um lado para lhe esconder o rosto, avança cauteloso pelo beco, ao longo do muro em direção a ela.

Maria Paska levanta-se imediatamente e entra em casa: o homem entra depois dela e fecha a porta.

Paulo não esqueceu nunca mais a consternação terrível que o tinha assolado enquanto continuava a passear no jardim das mulheres pensando naqueles dois fechados no casebre do beco: era uma tristeza perturbadora, um mal-estar que o fazia desejar estar sozinho, esconder-se como um animal doente; e que durante o almoço o deixou mais taciturno que o comum, em meio aos outros convidados alegremente serenos. Logo depois do almoço retornou ao jardim: a mulher estava ali, no seu lugar de espera, na mesma posição de antes. O sol não chegava nunca até o canto úmido da sua porta; e parecia que ela se conservava tão branca e fina pela sombra que a circundava.

Quando viu o seminarista não se moveu, mas voltou a sorrir-lhe, depois voltou ao tom pesado como quando chegara o homem gordo; e perguntou em voz alta, falando como se ele fosse um menino: – Diga, você vem benzer a minha casa sábado? No ano passado, o padre que passava para benzer as casas não quis entrar aqui; que ele vá para o inferno com a sua bolsinha e tudo o que tem dentro.

Ele não respondeu. Teve vontade de jogar uma pedra nela, inclusive pegou mesmo uma do murinho, depois colocou no lugar e limpou a mão com o lenço; mas durante toda aquela semana santa, enquanto escutava a missa, enquanto assistia às cerimônias sacras, enquanto com o círio na mão fazia cortejo ao Bispo com os outros seminaristas, os olhos da mulher estavam diante dele, perseguiam-no. Tinha vontade de exorcizá-la como a uma endemoniada, e ao mesmo tempo, no entanto, sentia que o espírito do mal estava dentro dele. Ao ajudar no Lava-pés, enquanto o Bispo se curvava diante de doze mendigos que pareciam realmente doze apóstolos, compadeceu-se ao pensar que o padre não quisera, no sábado santo do ano passado, benzer a casa da mulher perdida. E Cristo tinha perdoado Maria Maddalena. Talvez se o padre benzesse a casa da mulher perdida, ela se endireitaria. Este pensamento começou a invadi-lo, a submergir todos os outros seus pensamentos: examinando-o bem, agora, a distância, percebia que tinha sido um engano do seu instinto; naquele tempo ele ainda não tinha consciência de si mesmo; mas talvez, mesmo se conhecendo, teria ido do mesmo jeito no sábado santo no beco da mulher perdida.

Da curva do beco, viu que Maria Paska não estava sentada no batente; mas a portinha estava aberta, sinal de que nenhum visitante estava lá dentro. Sem querer, ele imitou, então, o homem grande, avançando cautelosamente com o rosto voltado para muro. Lamentou que ela não estivesse ali, à espera, e que ao vê-lo não se levantasse de repente, com a expressão pesada e triste. Chegando ao fundo do beco, viu-a tirando água do poço ao lado do casebre; e sentiu um aperto no coração: pareceu-lhe realmente Maria Maddalena. E como Maria Maddalena, ela virou o rosto, enquanto puxava o balde, e enrubesceu; nunca na sua vida ele tinha visto uma mulher tão linda. Desejou fugir; mas tinha vergonha dela. Ela entrou em casa com o jarro de água na mão e disse alguma coisa que ele não ouviu: e ela foi fechar a porta, assim que ele entrou. Subiram a escadinha de madeira, que através de uma abertura conduzia ao quarto de cima, aquele da janelinha com a cruz contra as tentações.

Chegando primeiro, ela inclinou-se sobre a abertura, sorrindo-lhe do alto, puxando-o com o seu olhar; e quando ele também entrou no quartinho, ela se chegou, quase como se quisesse se medir com ele: com um movimento da mão fez saltar da cabeça dele o gorro, então ela tomou a iniciativa, como se ela fosse o homem e ele a mulher, desabotoando-lhe a túnica, tocando os botõezinhos vermelhos com um gosto infantil, assim como ele tinha pego o grão de resina da amendoeira florida.

Voltou outras vezes à casa dela: mas depois de ter recebido a Ordem e pronunciado o voto de castidade não tinha mais se aproximado de mulheres. Os seus sentidos tinham se enrijecido na couraça gélida do seu voto: quando ouvia contarem histórias escandalosas de outros padres sentia orgulho de se sentir puro, e recordava a sua aventura com a mulher do beco como uma doença de que estava completamente curado.

Parecia-lhe, nos primeiros anos passados no lugarejo, já ter vivido toda a sua vida; ter conhecido tudo, a miséria, a humilhação, o amor, o prazer, o pecado, a expiação: ter se retirado do mundo como os velhos eremitas, e esperar somente o reino de Deus.

E então, de repente, a vida terrena tinha reaparecido nos olhos de uma mulher: e ele, a princípio, tinha se enganado a tal ponto de trocá-la pela vida eterna.

Amar, ser amado; não era este o reino de Deus na terra? E o seu peito se inflava ainda com a lembrança. Por que tudo isto, ó Senhor? Por que tanta cegueira? Onde procurar a luz? Era ignorante, e sabia que era. A sua cultura era feita de fragmentos de livros dos quais não entendia todo o espírito: a Bíblia, sobretudo, tinha-o moldado com o seu romantismo e o seu realismo de outros tempos; portanto, não confiava nem em si mesmo, nas suas análises interiores: sabia que não se conhecia, que não era dono de si mesmo; sabia que estava se enganando, que sempre havia se enganado.

Tinham-lhe feito errar o caminho. Ele era homem de instintos, como os seus ancestrais moleiros ou pastores; e já que não podia se abandonar ao instinto, sofria. Eis que retornava ao primeiro diagnóstico do seu mal, ao mais simples e correto: sofria porque era homem, porque tinha necessidade da mulher, do prazer, de gerar outros seres; sofria porque o objetivo natural da vida é prosseguir a vida, e lhe impediam; e este impedimento aumentava o estímulo da sua necessidade.

Mas depois lembrava que o prazer lhe deixava, depois de vivido, desgostoso e angustiado. O que era, então? Não, não era a carne que pedia para viver; mas a alma que se sentia fechada na carne e queria se libertar da sua prisão; nos momentos da embriaguez suprema de amor era a alma que fugia em um rápido voo, para cair logo na sua gaiola, mas bastava aquele instante de libertação para ver o lugar para onde voaria ao fim da sua prisão, quando a muralha da carne desmoronasse para sempre: lugar de alegria infinita, o infinito.

Finalmente, sorriu... triste e cansado: onde tinha lido todas estas coisas? Certamente tinha lido: não tinha pretensão de pensar coisas novas. O que importa? A verdade foi sempre a mesma, igual dentro de todos os homens, como são iguais os seus corações.

Ele se acreditava diferente dos outros homens, em exílio voluntário, digno de estar perto de Deus. Deus talvez o castigasse por isto; Mandou-o entre os homens, na comunidade da paixão e da dor.

Precisava se levantar e caminhar.

Alguém, então, bateu na porta.

Ele se assustou como se tivesse sido acordado de sobressalto e pulou logo da cama com a impressão de quem deve partir e teme se atrasar. Assim que se levantou, porém, sentou-se destroçado; sentia todos os membros quebrados; parecia que tinham lhe dado uma surra durante o sono. Encolhido, com o queixo no peito, moveu levemente a cabeça fazendo que sim, que sim. Sim, a mãe não tinha se esquecido de chamá-lo cedo, como ele tinha pedido um dia antes. Sim, a mãe prosseguia em seu caminho reto: não recordava nada das coisas da noite anterior e o chamava como se tudo fosse igual às outras manhãs.

Era igual, sim. E ele voltou a se levantar e começou a se vestir: e pouco a pouco foi recobrando as forças, endireitando-se dentro da sua veste dura de guerreiro.

Escancarou a janela, piscando contra a luz viva do céu prateado. As amoreiras da encosta tremulavam cheias de centelhas e de cantos de pássaros; o vento tinha cessado e no ar puro vibrava o toque do sino.

Aquele toque o chamava: ele não via mais nada das coisas externas, embora procurasse fugir das suas questões internas; o cheiro do seu quarto dava-lhe um torpor físico; as recordações golpeavam-no todo. Aquele toque o chamava, mas ele não se decidia a deixar o seu quarto, e ficava ali andando de um lado para o outro quase que com raiva: aproximou-se e logo afastou-se do espelho; tinha uma bela escapada; a imagem da mulher estava dentro dele, assim como a sua estava no espelho; ele podia se quebrar em mil pedaços, cada pedaço a conservaria inteira.

O segundo toque da missa insistia, solicitando-o; ele ia para lá e para cá, procurando alguma coisa que não achava. Finalmente, sentou-se diante da mesinha e começou a escrever.

Antes tinha copiado os versículos da porta estreita «entrai pela porta estreita, etc...» depois apagou e no verso da folha escreveu: «Peço-lhe que não me espere mais. Nós dois nos envolvemos em uma rede de enganos: é preciso cortar logo para se libertar, para não cair no fundo. Eu não virei mais: esqueça-me, não me escreva, não tente mais me ver».

Desceu e chamou a mãe no corredor da entrada: entregou-lhe a carta sem olhar para ela.

– Leve-a logo, – disse com voz rouca – providencie para que seja entregue a ela, e venha logo embora.

Sentiu a carta ser levada embora das suas mãos e correu para fora, de novo momentaneamente aliviado.

O sino batia já o terceiro toque, sobre o lugarejo silencioso, sobre os vales ainda cinza prateado do alvorecer.

Figuras de velhos moradores, com a bengala presa no pulso com uma cordinha, e de mulheres com a cabeça quadrada e grande sobre o corpo pequeno, vinham subindo a ladeira e pareciam subir das profundezas do vale.

Quando todos estavam dentro da igrejinha e os velhos haviam tomado seus lugares debaixo da balaustrada do altar, um cheiro de carne de caça espalhou-se por ali.

Antioco, porém, o acólito que ajudava na missa, agitava o turíbulo mandando a fumaça em direção aos senhores para afastar deles o mau cheiro. Pouco a pouco, uma nuvem de incenso dividiu o altar do resto da igrejinha, e o acólito moreno com sua veste branca, e o padre pálido com seus paramentos de brocado avermelhado moviam-se como em uma névoa perolada.

Os dois gostavam muito da fumaça e do aroma do incenso, e usavam-no bastante. Indo em direção à nave da igreja, o padre fechava os olhos já que não via bem através da névoa e franzia a testa. Parecia descontente pelo escasso número de fiéis e esperava mais. De fato, chegavam alguns retardatários: chegou por último também a sua mãe, e ele ficou pálido, inclusive nos lábios.

A carta tinha sido, portanto, entregue, o sacrifício cumprido: um suor de morte umedecia suas têmporas; e quando consagrou a hóstia sussurrou sofrendo: – Meu Deus, ofereço-lhe a minha carne, ofereço-lhe o meu sangue.

E pensou ver a mulher, com a carta na mão como uma hóstia consagrada: lia e caía no chão como morta.

Acabada a missa, ele ajoelhou-se cansado, recitando com voz monótona uma oração em latim; os fiéis respondiam e ele experimentava uma sensação de sonho, um desejo de se jogar de bruços aos pés do altar e dormir como um pastor sobre a rocha nua.

Via por entre a fumaça do incenso, atrás do vidro do nicho, a pequena Virgem que o povo acreditava que fosse milagrosa, negra e fina como o camafeu dentro de um medalhão: e a olhava, com a impressão de revê-la depois de um longo tempo, depois de uma longa ausência. Onde ele tinha estado todo aquele tempo? Não recordava bem, tinha a mente confusa: mas, de repente, moveu-se, levantou-se, virou-se e, o que não era novidade, embora não fosse muito frequente, começou a falar com os fiéis. Falava em dialeto, com voz áspera, como se brigasse com os velhos paroquianos, que esticavam o rosto barbado pelas colunas da balaustrada para escutar melhor, e com as mulheres, que estavam encolhidas meio curiosas e assustadas. O acólito, com o livro debaixo do braço, olhava-o com longos olhos fixos, depois olhava os fiéis e balançava a cabeça, como que para ameaçá-los ironicamente.

– Sim, – dizia o padre – o número de pessoas está cada vez mais escasso; quando eu me viro, tenho vergonha de olhar: pareço um pastor que perdeu as suas ovelhas. Só no domingo a igreja está um pouco mais cheia, mas poderia se dizer que vocês vêm mais por escrúpulo do que por fé; por hábito e não por necessidade; como mudar de roupa ou descansar. Pois bem, é tempo de acordar: é tempo de todos acordarem. Não digo para virem aqui todas as manhãs as mães de família e os homens que, antes do alvorecer, devem ir para o trabalho; mas as mulheres jovens, os senhores, os jovens, todos aqueles que eu agora, saindo da igreja, verei nas soleiras das suas portas saudando o sol nascente, todos devem vir aqui para começar o dia com Deus, saudando Deus na sua casa, e tomar forças para o caminho a percorrer. Se assim o fizerem, desaparecerá a miséria que os corrói, e os maus hábitos desaparecerão, e a tentação ficará longe de vocês. É tempo de acordar cedo de manhã e de lavar-se e mudar de roupa todo dia, não somente no domingo. Então espero todos vocês, começando a partir de amanhã: rezaremos juntos para que Deus não abandone a nós e nem a nossa pequenina vila, como não abandona o menor dos ninhos; e por aqueles que estão doentes e não podem vir, rezaremos para que se curem e caminhem.

Virou-se de repente e o acólito o imitou. Por alguns instantes na igrejinha reinou um silêncio tão intenso que se sentia o bater dos quebradores de pedra lá de trás da encosta. Então, uma mulher levantou-se e aproximou-se da mãe do padre colocando-lhe uma mão sobre o ombro, inclinando-se para sussurrar: – É preciso que o seu filho venha logo confessar o Rei Nicodemo, que está gravemente doente.

A mãe levantou os olhos, saindo da sua penitência. Recordou que o Rei Nicodemo era um velho caçador extravagante que vivia em uma choupana no alto da montanha; e perguntou se era preciso que o seu Paulo fosse lá em cima para confessá-lo.

– Não, – murmurou a mulher – os parentes já o trouxeram aqui para baixo.

A mãe então foi avisar ao seu Paulo, na pequena sacristia onde ele terminava de tirar os paramentos, ajudado por Antioco.

– Você vai passar antes em casa para tomar café?

Ele evitava olhar para ela: nem lhe respondeu e pareceu estar empenhado em correr até o velho doente.

Mãe e filho pensavam na mesma coisa: na carta entregue a Agnese; mas nem ele, nem ela tocavam no assunto. Então ele foi embora correndo e ela, parada como uma estátua de madeira, disse ao acólito ocupado guardando os paramentos sagrados dentro do armário preto: – Teria sido melhor se eu não lhe tivesse dito nada até ele vir para casa para tomar o café.

Mas Antioco colocou o rosto na grade da porta do armário e disse gravemente: – Um padre deve se habituar a tudo.

E retomando a sua tarefa dentro do armário, disse ainda como que para si mesmo: – Talvez ele tenha se chateado comigo porque disse que fiquei distraído; porém não é verdade; garanto à senhora que não é verdade. Só estava olhando para os velhos e me dava vontade de rir: porque certamente não estavam entendendo o sermão. Abriam a boca, mas não estavam entendendo nada. Aposto que o velho Marco Panizza está acreditando realmente que deve lavar o rosto todos os dias, ele que se lava só na Páscoa e no Natal. E, vocês verão, verão que de agora em diante todos virão todo dia para a igreja porque ele disse que com isto a miséria desapareceria.

Ela continuava parada, com as mãos sob o avental.

– A miséria da alma – disse, para mostrar que ela, pelo menos, havia entendido; todavia Antioco olhou para ela como tinha olhado para os velhos: com uma grande vontade de rir. Já que estava certo de que ninguém podia entender estas coisas como ele as entendia, que já sabia de cor os quatro Evangelhos e queria se tornar padre: o que não lhe impedia de ser malicioso e curioso como os outros meninos.

Assim que acabou de organizar tudo, depois que a mãe do padre foi embora, fechou a sacristia e atravessou o pequeno jardim da igreja invadido de alecrins e solitário como um cantinho de cemitério; mas em vez de voltar para casa, para a mãe que tinha uma taverna ali na esquina da praça, correu para a casa paroquial para saber alguma coisa do Rei Nicodemo; e também por uma outra razão.

– O seu filho gritou comigo porque eu estava desatento – repetiu inquieto, enquanto a mãe do padre estava ocupada preparando o café da manhã para o seu Paulo. – Talvez não me queira mais como acólito; talvez escolha Ilario Panizza: mas Ilario não sabe nem ler, enquanto eu aprendi a ler muito bem, inclusive latim. E além disso, Ilario é muito porco. O que a senhora acha? Vai me mandar embora?

– Ele o quer atento, nada mais; não se deve rir na igreja – ela respondeu, dura e grave.

– Ele estava com muita raiva. Talvez esta noite nem tenha dormido, por causa do vento. A senhora ouviu que vento?

A mulher não respondeu. Foi à salinha de jantar e pôs sobre a mesa tanto pão e tanto biscoito que davam para os doze apóstolos: talvez o seu Paulo nem fosse tocar em nada, mas a movimentação, a preparação como se ele fosse voltar alegre e com fome como um pastor da montanha aquietavam um pouco o seu sofrimento e talvez até a sua consciência.

Ela, porém, às vezes se agitava com mais angústia: as mesmas observações do rapaz «talvez esta noite ele nem tenha dormido e por isso está assim nervoso», aumentavam a sua inquietação.

E ficava indo e voltando, e os seus passos pesados ressoavam nos pequenos cômodos silenciosos; sentia instintivamente que tudo parecia ter acabado, mas na verdade tudo começava ali. Tinha entendido bem as suas palavras no altar: que precisava acordar cedo, lavar-se e caminhar. Caminhar, caminhar. E ela ia e vinha, para cima e para baixo, para cima e para baixo, dando a ilusão de realmente caminhar. Colocou o quarto dele em ordem; mas o espelho e o cheiro, mesmo com a convicção de que tudo já tinha acabado, continuavam a irritá-la e a inquietá-la.

A figura do seu Paulo, pálida e rígida como a de um cadáver, aparecia-lhe dentro do espelho maldito, pendurada na parede com a túnica, e estendida sem respiração na cama.

E alguma coisa lhe pesava no coração, como se também dentro dela algum órgão estivesse paralisado e lhe impedisse de respirar bem.

Enquanto mudava a fronha, tirando aquela que o seu Paulo tinha molhado com o suor da sua angústia, pensou, pela primeira vez em sua vida: "Mas por que os padres não podem se casar?".

E lembrou que Agnese era rica, que tinha uma casa grande, jardins e roçados.

Logo lhe pareceu estar pecando horrendamente, pensando nestas coisas: e foi colocar a fronha, voltou, passou pelo seu quarto.

Caminhar, caminhar. Estava caminhando desde o alvorecer e ainda estava no início do percurso. Além do mais, vai para um lado e para o outro e volta sempre ao mesmo ponto. Desceu novamente e sentou-se em frente à lareira, ao lado de Antioco, que, ao contrário, não se movia, decidido a esperar, mesmo que o dia inteiro, para ver o seu superior e fazer as pazes com ele.

Imóvel, com as pernas cruzadas e as mãos entrelaçadas em torno dos joelhos, disse, não sem um leve tom de reprovação: – A senhora devia levar-lhe o café na igreja quando as mulheres passam muito tempo se confessando. Ele fica com fome!

– E quem poderia saber que o chamariam com urgência? Parece que o velho está entre a vida e a morte.

– Mas não deve ser verdade. São os netos que desejam a sua morte porque ele possui riquezas. Eu conheço o velho: vi-o uma vez quando fui com meu pai lá em cima. Estava sentado ao sol, entre as pedras, entre um cachorro e uma águia domesticada, e tantos animais mortos. Deus não manda ser assim.

– Deus manda ser como, então?

– Deus manda viver entre os homens, trabalhar na terra, não esconder as riquezas, mas dá-las aos pobres.

Falava como um homenzinho, o pequeno acólito; e a mãe do padre se enterneceu.

E de mais a mais, se Antioco falava assim tão bem e sabiamente era por causa dos ensinamentos do seu Paulo. Era o seu Paulo que ensinava a todos a bondade, a sabedoria, a prudência: e quando queria, conseguia convencer até os velhos, que têm as ideias já fixas, e os jovens inconsequentes.

Suspirou, inclinando-se para trazer o bule de volta para as brasas.

— Você fala como um pequeno santo, meu Antioco: veremos se quando for grande será assim; se dará as suas riquezas aos pobres.

— Sim, eu darei tudo aos pobres. Eu terei muito dinheiro, porque minha mãe ganha muito bem com a sua taverna, e meu pai é guarda florestal e também ganha bem. Tudo o que eu tiver darei aos pobres: Deus quer assim e depois provê a nós. E a Bíblia diz: os corvos não semeiam e não ceifam, porém Deus os alimenta; e o lírio dos vales se veste melhor que o Rei.

— Sim, Antioco; mas quando se é solteiro. E quando se tem filhos?

— É igual. E também eu não terei filhos. Os padres não devem ter filhos.

Ela se virou para olhar para ele: ela o via de perfil, com a porta do quintal aberta ao fundo; um perfil escuro, puro, firme, como de bronze: os longos cílios lhe cobriam os olhos de grandes pupilas. Ela não sabia por que, mas teve vontade de chorar.

— Você está certo de que se tornará padre?

— Se Deus quiser, sim.

— Os padres não podem ter mulher. E se você quiser ter?

— Eu não quero ter mulher porque Deus não quer.

— Deus? É o papa que não quer — disse a mãe, um pouco irritada.

— O papa é o representante de Deus na terra.

— Mas nos tempos antigos, como agora também os pastores protestantes, os sacerdotes tinham mulher e família.

— É outra história — disse o rapaz acalorando-se. — *Nós* não devemos ter mulher.

— Os padres antigos... — insistia a mulher.

Mas o acólito era culto.

— Os padres antigos, tudo bem; mas depois eles mesmos fizeram uma reunião e deliberaram que não: e aqueles que não tinham mulher, os mais jovens, foram os que mais votaram 'não'. Assim deve ser.

— Os mais jovens! — disse como que para si mesma. — Mas porque não sabem. Depois podem se arrepender. Podem até se desviar — disse sussurrando. — Podem discutir como o antigo pároco.

Sentiu um calafrio. Olhou rapidamente ao redor, como que para ter certeza de que o fantasma não estava ali; e logo se arrependeu de tê-lo invocado. Não, ela não queria nem mesmo se lembrar dele, e muito menos a propósito *daquilo*. Não tinha tudo acabado?

Por outro lado, o semblante de Antioco exprimia um profundo desprezo.

— Ele não era um padre. Era o irmão do capeta na terra. Deus nos livre. Não devemos nem lembrar-nos dele.

E fez o sinal da cruz. Depois disse baixo, de novo: — Mas que se arrepender, que nada! É possível que *Ele*, o seu filho, pense em arrependimento?

Ela sofria ao ouvi-lo falar assim. Queria ter dito alguma coisa do seu sofrimento, prepará-lo para o que estava por vir; e ao mesmo tempo sentia quase alegria pelas suas palavras: parecia que a consciência do inocente falasse com a sua para aprová-la e encorajá-la.

— Ele, o meu Paulo, diz que está bem assim? — perguntou em voz baixa.

— Se não é ele quem diz, quem a senhora quer que diga? Diz, sim: não diz para a senhora também? Bela coisa um padre com esposa e filho no colo! Ele tem que ir celebrar a missa, mas precisa pegar o filho no colo porque está chorando! É cômico. O seu filho com uma criança no colo e outra puxando a túnica!

A mãe sorriu; mas uma visão rápida de lindas crianças espalhadas pela casa a perturbou. Antioco ria, com os olhos e os dentes brilhantes no rosto moreno: mas tinha um quê de crueldade no seu riso.

— Mulher do padre... seria engraçado, de fato! Saindo para se divertir com ele pareceriam, vistos por trás, duas mulheres juntas. E iria se confessar com ele, em um lugarejo onde não há outro padre?

– E a mãe, então? Com quem eu vou me confessar?

– A mãe é outra história. E depois, quem haveria de dar ao seu filho por esposa? A neta do Rei Nicodemo?

Começou a rir de novo porque a neta do Rei Nicodemo era a menina mais desgraçada do vilarejo, manca e idiota; mas ficou sério quando a mãe disse em voz baixa, encorajada por uma vontade que não era sua: – Ah, haveria uma: Agnese.

E Antioco murmurou com ciúmes: – É feia: não gosto dela e ele também não...

Então a mulher começou a elogiar Agnese, mas falava baixo, como temerosa que alguém, além do menino, escutasse; enquanto Antioco, com as mãos sempre entrelaçadas ao redor do joelho, negava com a cabeça. O lábio inferior, reluzente como uma cereja, sobressaía com desprezo.

– Não, não; não gosto, a senhora quer saber? É feia, é esnobe, é velha. E além do mais...

Um passo ressoou no corredor: calaram-se ambos à espera.

Ele se sentou à mesa posta, colocando o chapéu na cadeira ao lado, e enquanto a mãe lhe servia o café, perguntou com voz tranquila: – A carta a senhora levou?

Ela disse que sim, apontando para a cozinha com medo que o rapaz ouvisse.

– Quem está aí?

– Antioco.

– Antioco? – ele chamou, e o rapaz com um salto apareceu na sua frente, com o gorro na mão, de pé, em alerta como um pequeno soldado.

– Antioco, é preciso que você vá à igreja e prepare a unção dos enfermos para levar mais tarde para o velho.

O rapaz não podia responder de alegria. Então *ele* não estava mais com raiva, não pensava mais em mandá-lo embora, nem em substituí-lo por outro?

– Espera. Já comeu?

– Não quis nada; nunca quer nada – disse a mãe.

– Sente-se ali, – ordenou, então, Paulo, – dê-lhe alguma coisa, mamãe: e você coma.

Não era a primeira vez que Antioco se sentava à mesa do padre: portanto, obedeceu sem timidez; mas o coração lhe batia um pouco: percebia que alguma coisa tinha mudado em relação a ele; que o padre estava falando com ele de um modo diferente do normal; não podia dizer por que, nem como, mas estava falando diferente do normal.

E ele o olhava nos olhos como se fosse a primeira vez; com alegria, mas também com submissão: submissão, alegria e toda uma mistura de sentimentos novos, de gratidão, de esperança, de orgulho, enchiam-lhe o coração como um ninho de passarinhos quentinhos, piando, prontos para voar.

— Então, às duas horas você vem para a aula; é tempo de começar a estudar seriamente o latim: escreverei para pedir uma gramática nova, porque a minha é velha, do outro século.

Antioco tinha parado de comer: tinha ficado vermelho e oferecia a sua subserviência com entusiasmo sem perguntar o porquê. O padre o olhava e sorria; de repente, porém, virou o rosto para a janelinha de onde se via um horizonte dourado e o tremular dos arbustos da encosta e pareceu pensar em outra coisa. E Antioco sentiu que estava de novo sozinho, de novo abandonado. Com tristeza, tirou as migalhas da toalha, dobrou cuidadosamente o guardanapo, e levou as xícaras à cozinha: e queria até lavá-las, e as teria lavado bem porque estava habituado a lavar os copos na taverna; mas a mãe do padre não permitiu.

— Vá, vá para a igreja e prepare tudo — disse-lhe em voz baixa, empurrando-o; e ele saiu, mas antes de ir para a igreja, foi correndo até a sua mãe para avisá-la para limpar bem a casa porque o padre queria lhe fazer uma visita.

A mãe do padre, enquanto isso, tinha voltado para a salinha de jantar onde o seu Paulo se demorava à mesa lendo o jornal.

Normalmente, quando ele estava em casa retirava-se para o seu quarto; naquela manhã, porém, ele tinha medo de entrar lá: estava lendo o jornal, mas pensando em outra coisa; pensava no velho caçador moribundo, o qual lhe havia confessado que fugia da companhia dos homens porque «são o próprio mal». E os homens, por deboche, chamavam-no de Rei, como a Cristo, os judeus.

Mas nem mesmo a confissão do velho interessava a Paulo: ele pensava mais em Antioco, e na mãe e no pai de Antioco, aos quais queria perguntar se eles tinham consciência do que estavam fazendo abandonando o rapaz às suas fantasias, à sua decisão inconsciente de se tornar padre; no fundo, porém, sentia que nem mesmo isto o tocava muito: o que lhe preocupava era fugir do seu verdadeiro pensamento e, quando viu a mãe voltar, inclinou a cabeça, sentindo que apenas ela adivinhava a sua verdadeira preocupação.

Inclinou a cabeça e disse para si mesmo: não, não, não.

Não, não queria interrogá-la mais: a carta tinha sido entregue. O que mais devia saber?

A pedra do sepulcro estava no lugar: ah, como pesava sobre ele! Porém, como ele se sentia vivo, sepultado sob aquela pedra!

A mãe tirava a mesa, colocando cada coisa no armário que servia de aparador.

No silêncio, escutava-se o pio dos pássaros na encosta, o batido cadenciado do quebrador de pedras: parecia que o mundo acabava ali, que o último cômodo habitado por gente viva fosse aquele quartinho branco, com os seus móveis enegrecidos, com o chão de tijolos antigos sobre o qual a luz verde e dourada da janela alta se expandia como um trêmulo reflexo de água e dava ao ambiente a fisionomia de uma prisão no fundo de um castelo solitário.

Ele tinha bebido o seu café como nos outros dias, e comido os seus biscoitos como nos outros dias. Agora estava lendo as notícias do mundo distante: sim, tudo estava como nos outros dias; mas a mãe teria preferido que ele subisse para o seu quarto e se fechasse lá; ou, já que estava ali, que ele a interrogasse de novo a quem e como tinha entregado a carta. Foi até a porta da cozinha, com uma xícara na mão; voltou à mesa, com a xícara na mão.

– Paulo, eu entreguei a carta a ela mesmo. Já tinha se levantado. Estava no pomar.

– Está bem – ele disse, sem levantar os olhos do jornal.

Mas ela não podia sair dali, não podia não falar. Alguma coisa mais forte que a sua vontade, que a própria vontade dele, impunha aquilo. Engoliu a saliva salgada que lhe enchia a boca e olhou dentro da xícara, a paisagem japonesa enegrecida pela cor do café.

– Estava no pomar. Porque se levanta cedo. Eu fui direto até ela e lhe dei a carta. Ninguém estava vendo. Ela pegou a carta e olhou; depois olhou para mim e não abriu. Eu disse: «Não tem resposta». E eu estava para sair; mas ela disse: «Espere». E abriu a carta, como que para me mostrar que não era um segredo; e ficou branca como o papel; então me disse: «Vá com Deus».

– Basta, basta – ele impôs, sem levantar os olhos; mas a mãe viu os seus cílios batendo e o rosto ficar branco, como tinha ficado o de Agnese; por um momento pensou que ele fosse desmaiar; depois o viu enrubescer, com o sangue que do coração lhe voltava todo para o rosto, e ela também se reanimou. Foram momentos terríveis que, porém, era preciso enfrentar e vencer. Abriu a boca para dizer alguma outra coisa, ou para, pelo menos, murmurar: «Está vendo o que você fez? Mal para você e para ela»; mas ele tinha levantado o rosto, balançando um pouco a cabeça para trás para fazer descer o sangue ruim da paixão, e encarando-a com olhos ameaçadores disse: – Agora basta. A senhora entendeu que basta? Não quero mais ouvir falar disto definitivamente, caso contrário, farei o que a senhora ameaçava fazer ontem à noite: vou-me embora.

De fato, levantou-se bruscamente e, em vez de subir para o seu quarto, saiu de novo. A mãe foi para a cozinha, com a xícara que lhe tremia entre as mãos e a pousou; apoiou-se na tampa do forno, desorientada. Parecia-lhe que ele tinha ido embora para sempre: mesmo se voltasse não seria mais o seu Paulo, seria um desgraçado tomado pela paixão ruim, alguém que olhava com olhos ameaçadores, como um ladrão em uma emboscada, para quem ousasse lhe atravessar o caminho.

E ele, de fato, caminhava como alguém que tinha fugido de casa, para não voltar para o seu quarto, porque tinha a impressão de que Agnese pudesse ter entrado ali escondida e o estivesse esperando, com o rosto branco e a carta na mão: tinha fugido de casa para fugir de si mesmo; mas a paixão o levava embora pior que o vento da noite passada.

Atravessou o gramado sem saber por que, e sentiu ter batido contra a parede da casa e do pomar dela e, impelido pela batida, voltou até a praça, em cujo parapeito estavam sentados os velhos e estavam debruçados os jovens e os pedintes. Falou com uns e outros, sem escutar a voz de ninguém: depois desceu a estrada da vila até o caminho do vale, sem ver nada do lugarejo, da estrada e nem do vale. Todo o universo estava revirado e ele tinha sido jogado ali, em um caos de pedras, de entulho, de ruínas; e ele se esticava para ver por cima, como os meninos olhavam as ribanceiras do vale do alto das pedras ao longo do caminho.

E voltou em direção à igreja. As estradinhas do vilarejo estavam desertas; das muretas dos quintais saíam alguns pessegueiros com os frutos maduros, e no céu claro de setembro passava um plácido rebanho de nuvenzinhas brancas.

Em algumas casas, ouvia-se o barulho do tear, em algumas outras, choro de bebê.

O guarda campestre, encarregado também do serviço urbano, única autoridade do lugar, vestido meio de caçador, meio de funcionário, de calça turquesa com galão vermelho e um casaco de veludo desbotado, percorria as estradas com o seu grande cão na coleira. Era um cachorro preto e ruivo, com os olhos vermelhos de sangue: tinha um quê de lobo e de leão, e todos os moradores, os agricultores do vale, os pastores e os caçadores do planalto, as crianças e os ladrões o conheciam e o temiam. O guarda levava-o com ele noite e dia, até porque tinha medo que o envenenassem. Quando viu o padre, o cão rosnou, mas a um sinal do dono ficou quieto, com a cabeça baixa.

O guarda parou e cumprimentou militarmente o padre; depois disse de modo solene: – Hoje de manhã cedo fui ver o doente. Está com febre de quarenta graus: pulso, cento e dois. Segundo a minha humilde opinião, tem inflamação nos rins. A neta queria que eu lhe desse quinino (o guarda tinha a tutela dos remédios e permitia-se visitar os doentes, mais do que por dever do ofício, mas para se iludir de substituir o médico, que só subia àquela localidade duas vezes na semana). Mas eu disse: «Devagar, senhora; segundo a minha humilde opinião aqui é preciso um purgante, não quinino». A mulher chorava, mas sem lágrimas; Que Deus me fulmine se julgo apressadamente. E ela queria que eu fosse a galope chamar o médico. «O doutor vem amanhã de manhã, domingo,» eu disse, «e se está tão preocupada, mande por sua conta um homem ir chamá-lo. O doente pode pagar a visita do médico, para morrer, depois de ter passado a vida toda sem gastar .» Falei bem?

Esperou, sério, a aprovação do padre. Mas ele estava olhando o cachorro, dócil e manso por vontade do dono, e pensava: "Poder conduzir assim com a guia as nossas paixões!".

– Ah, sim, – disse distraído – pode-se esperar até amanhã de manhã a visita do médico. Porém o doente está grave.

– Então, se é grave, – insistiu o guarda com firmeza e um certo desapontamento pela indiferença do padre – que mandem um homem chamar o médico. O doente pode pagar; não é pobre. Mas a neta não obedeceu nem à minha ordem, não lhe deu o purgante que eu mesmo tinha providenciado e preparado.

– Devíamos, antes, providenciar-lhe a santa comunhão.

– O senhor está me dizendo que a um enfermo se pode dar a santa comunhão sem que esteja em jejum.

– Mas então, – disse o padre, perdendo a paciência, – o velho não quis o purgante. Trincava os dentes, e estão todos fortes ainda; e dava socos como se estivesse saudável.

– E então a neta, segundo a minha humilde opinião, não deve se permitir dar ordens a mim, o guarda urbano e campestre, como a um seu empregado qualquer, de ir chamar urgentemente o doutor. Aqui não se trata de um ferimento, nem de um fato qualquer de dependência da medicina legal. O guarda tem mais o que fazer. Tenho que ir agora lá embaixo na parte rasa do rio porque recebi uma denúncia de que algum benfeitor colocou dinamite na água para matar as trutas. Saudações.

Repetiu o cumprimento militar e tomou o seu caminho. Com o movimento, o cão, participando logo da indignação reprimida do dono, moveu-se feroz balançando a cauda e não rosnou mais, mas virou um pouco a cabeça para o padre encarando-o com os seus terríveis olhos de assassino.

Mais acima estava Antioco, debruçado sobre o parapeito da praça à sombra trêmula de um olmo: estava esperando, depois de ter preparado tudo para a extrema unção do velho; e ao ver o padre correu, chegando primeiro à sacristia, com a veste na mão.

Logo os dois se aprontaram: o padre com a batina, a estola, o vaso de prata com o óleo santo; Antioco coberto até os pés com uma capa vermelha, com uma sombrinha de brocado com franjas de ouro que mantinha aberta cuidando para que o sacerdote e o vaso de prata ficassem na sombra, enquanto ele, no sol, parecia ainda mais vermelho pelo contraste com a figura branca e preta do padre. Uma seriedade pesada, quase trágica, enrijecia-lhe o rosto: sentia ser ele o guardião do tabernáculo, ter recebido do Senhor a missão de proteger o jarro sagrado com o crisma. O que não lhe impedia, porém, de rir silenciosamente, apertando os dentes, ao ver que os velhos, ao passar do sacramento, debruçavam-se de modo engraçado sobre o parapeito e as crianças ajoelhavam-se com o rosto contra o muro, em vez de na direção do padre. Estas últimas, porém, levantaram-se rápido e fizeram cortejo ao sacramento. Ele balançava o sininho diante de cada porta para avisar que passava o Senhor: os cachorros latiam e o barulho dos teares cessava; as mulheres colocavam as suas cabeças grandes para fora das janelas e dos pórticos, e todo o lugarejo foi tomado de um arrepio de mistério.

Uma mulher que subia da fonte com uma ânfora de água na cabeça parou, colocou o vaso no chão e ajoelhou-se ao lado deles.

E o padre empalideceu porque reconheceu uma empregada de Agnese: então, aquela era a água com a qual Agnese teria lavado as suas lágrimas. E pareceu-lhe que também a ânfora úmida pingando estivesse chorando. Sentiu tanta fraqueza que apertou forte entre as mãos o vaso de prata quase que para se segurar.

O cortejo dos meninos aumentava à medida que se aproximavam da casa do velho: avistaram-na à margem da estrada, perto do vale; uma casinha alta, de pedra de xisto, com uma única janela sem vidros: na frente estende-se um pequeno quintal de terra batida, circundado por uma mureta.

A porta estava aberta e o padre sabia que o doente estaria deitado em uma esteira no quarto do térreo. Entrou rezando, enquanto Antioco fechava a sombrinha e agitava forte a sineta, balançando na direção dos meninos para enxotá-los como moscas: mas o quarto do térreo estava deserto, a esteira vazia. Talvez o doente tivesse concordado em ir para a cama, ou tinha sido facilmente levado, agonizante como estava.

O padre empurrou a porta de outro cômodo interno, mas também estava vazio: olhou pela porta e viu a neta do velho que descia a rua mancando, ofegante, com uma garrafa na mão. Tinha ido ao posto da guarda campestre para pegar o remédio.

– Onde está o doente? – perguntou-lhe, enquanto ela estava entrando fazendo o sinal da cruz. Não vendo o avô na esteira, arregalou os olhos e deu um grito de susto.

Do lado de fora, os meninos que espiavam pela mureta saltaram até a porta, e como Antioco se opunha à invasão deles, começaram a empurrá-lo e a puxá-lo pela capa; mas assim que o padre, depois de ter seguido a manca nos cômodos internos, reapareceu na porta, sempre com o seu jarro de prata na mão, todos se retiraram silenciosos.

– Não está em lugar nenhum! Aonde terá ido? – gritava a neta do velho, correndo de um lado para o outro pela casa.

Então, um menino, que surgiu através da cerca viva do caminho, veio com as mãos no bolso e disse tranquilo: – Procuram o Rei? Ele desceu.

– Desceu para onde?

– Desceu – repetiu o menino apontando com o nariz em direção ao vale.

A neta desceu em disparada pela trilha, e os meninos atrás dela; o padre fez um sinal para Antioco reabrir a sombrinha e os dois, bem devagar, sérios e silenciosos, enquanto as pessoas saíam para a rua e a notícia da fuga do velho corria de boca em boca, voltaram para a igreja.

Paulo estava de novo à mesa, na quieta salinha de jantar, servido pela mãe. Menos mal que desta vez havia do que se falar: falavam da fuga do Rei Nicodemo. Antioco, depois que entregou o vaso, a sacola e a capa, saiu correndo de novo para se informar; na primeira vez voltou com notícias estranhas; o velho tinha desaparecido e diziam que alguns parentes que queriam se apoderar do seu tesouro tinham-no levado embora. Alguns engraçadinhos brincavam: – Dizem por aí que o cachorro e a águia que desceram com ele e o levaram embora.

– O cachorro não creio, mas águia não é brincadeira: lembro que quando eu era criança uma águia levou do nosso quintal um carneiro pesado.

Mas depois Antioco voltou ainda com a notícia de que o doente tinha sido alcançado na rua enquanto estava voltando para morrer lá em cima. A febre da agonia o movia: caminhava como um sonâmbulo e, para não irritá-lo, nem machucá-lo, os parentes tinham-no acompanhado até a sua choupana.

– Sente-se ali e coma – disse o padre ao rapaz.

E Antioco retomou seu lugar à mesa, não sem antes ter observado como estava a fisionomia da mãe do padre.

A mãe do padre sorriu e fez um sinal para que ele obedecesse; e ele teve a impressão de ter se tornado como um membro da família.

E não percebia, o inocente, que aqueles dois, terminada a conversa sobre a fuga do velho, tinham medo de ficar sozinhos: às vezes a mãe via os olhos vagantes e inquietos do filho pararem, ficarem duros e opacos como pedra, escurecidos pela noite interna, e ele, por sua vez, agitava-se percebendo que ela o estava observando e que adivinhava o seu penar.

Quando terminou de servir, ela não entrou mais na salinha.

Com a tarde clara retornava o vento, mas um vento tênue e harmonioso de poente que dava apenas um balanço doce e luminoso às árvores da encosta: toda a salinha estava alegre pelo reflexo agitado das folhas sorridentes, pela luz que mudava no alto céu acima da janelinha, atravessada por fios prateados de nuvenzinhas finas com os quais parecia que o vento tocasse a sua música leve.

De repente, alguém bateu na porta e rompeu o encanto. Antioco correu para abrir. Uma viúva jovem, pálida e com grandes olhos pretos assustados pedia para falar com o padre, enquanto uma mocinha que ela segurava forte pela mão, fazia força, tentando se soltar, contorcendo-se toda, com o cabelo preto despenteado sob o lenço vermelho, e no rosto lívido os olhos verdes resplandecentes como os de um gato selvagem.

– Está doente, – disse a viúva – quero ver o padre para que ele leia os Evangelhos e esconjure o espírito do mal que possuiu esta criatura.

Antioco, com a porta aberta só até a metade, estava um pouco inseguro e amedrontado. Não era a hora de perturbar o padre com essas coisas: além disso a menina, que não parava de se contorcer toda para um lado e, não conseguindo fugir, tentava morder a mão da mãe, dava pena e medo.

– Está possuída, olha! – sussurrou a mãe, enrubescendo de vergonha.

Então, obviamente Antioco deixou-a entrar, ou melhor, ajudou a viúva a empurrar a menina para dentro, porque ela tinha se segurado no batente da porta.

Tendo escutado do que se tratava, e que era já o terceiro dia que a pequena doente se agitava assim, sempre procurando fugir, surda e muda a qualquer exortação, o padre fez com que a aproximassem dele, pegou-a pelos ombros, examinou-lhe os olhos e a boca.

– Ficou muito no sol? – perguntou.

– Não é isso, – disse a mãe em voz baixa – eu acho que está possuída por um espírito maligno. Não, – disse soluçando – a minha filha não está mais sozinha.

Ele levantou-se para ir pegar no seu quarto o livro dos Evangelhos; mas deu um passo atrás e mandou Antioco.

O livro foi aberto sobre a mesa e ele, com a mão na cabeça quente da menina bem presa pela mãe ajoelhada, leu.

«... E navegaram para a terra dos gadarenos, que fica de frente para a Galileia. E quando ele desembarcou veio em sua direção um homem daquela cidade, o qual havia muito tempo que era possuído por demônios, não usava nenhuma veste e não parava em casa, mas vivia pelos sepulcros. Quando ele viu Jesus, deu um grande grito e se jogou aos seus pés, dizendo-lhe em voz alta: "Jesus, Filho do Deus Altíssimo, o que queres comigo? Peço-te que não me atormentes"».

Antioco virava a página do livro e olhava a mão do padre pousada sobre a mesa. Quando chegaram às palavras «o que queres comigo?» viu a sua mão tremer levemente: levantou rápido os olhos e percebeu que os olhos dele estavam cheios de lágrimas. Então, tomado por uma violenta comoção, ajoelhou-se ao lado da viúva sem, porém, deixar de tocar o livro. Pensava: "O homem mais bondoso do mundo é *ele*: está chorando porque está lendo a palavra de Deus": e não ousava mais levantar os olhos para vê-lo, mas com a mão livre puxava pela saia a menina, não sem tremer e também com um medo secreto de que os demônios, saindo do corpo dela, pudessem entrar no seu.

A pequena possuída não se agitava mais; pelo contrário, se enrijecia e parecia se esticar, com o pescoço moreno estirado, o queixo proeminente sobre o nó do lenço, os olhos fixos no rosto do padre. Aos poucos, a boca se abria: parecia que as palavras do Evangelho, o sussurro do vento, o barulho das árvores da encosta, tudo a encantasse. De repente, com um puxão mais forte da mão de Antioco, ela também se dobrou e se ajoelhou. A mão que o padre lhe tinha sobre a cabeça ficou suspensa no ar: a voz dele ficou trêmula.

«... Agora, aquele homem, do qual tinham saído os demônios, pediu se podia ficar com Ele. Mas Jesus o despediu dizendo: "Retorna para a tua casa e anuncie quão grandes coisas Deus te fez...".»

Depois calou-se e retirou a mão. A menina, completamente acalmada, tinha virado um pouco o rosto para olhar para Antioco; no silêncio se ouvia mais forte o sussurro das árvores, e mais longe, o bater dos quebradores de pedra.

Paulo sofria. Nem por um instante tinha acreditado na superstição da viúva, isto é, de que a mocinha estivesse possuída pelo demônio: parecia-lhe também ter lido o Evangelho sem fé; era somente o seu demônio interno o que existia, e este não, não ia embora. Ainda assim ele tinha se sentido, por um instante, mais próximo de Deus: «O que queres comigo?». E sentia que aqueles três fiéis, e a sua própria mãe ajoelhada atrás da porta da cozinha, estivessem prostrados, não diante da sua potência, mas diante da sua miséria.

Mas quando a viúva se abaixou para lhe beijar o pé, ele o puxou de uma vez: pensou na sua mãe, *que sabia tudo*, e ficou com medo de que ela o julgasse mal.

O movimento da viúva, ao se levantar, foi tão cheio de mortificação que os dois meninos começaram a rir. Então ele também sentiu a sua dor se dissolver.

– Bem, levantem-se – disse. – Está feito.

Todos se levantaram: e Antioco correu para abrir a porta porque alguém batia de novo.

Era o guarda campestre e urbano com o seu cão na coleira. Antioco disse-lhe logo, com o rosto radiante de alegria:

– Aconteceu agora um milagre. Ele expulsou os demônios do corpo de Nina Masia.

O guarda, porém, não acreditava em milagres, afastou-se um pouco da porta e disse: – Então deixemos que saiam.

– Entrarão no corpo do seu cachorro.

– Não podem entrar nele; ele já tem!

Estava brincando, mas sem perder nada da sua seriedade. Na porta da sala de jantar, fez o cumprimento militar, virado para o padre, sem nem mesmo se dignar de olhar para as mulheres.

– Preciso falar com o senhor, mas a sós.

As mulheres retiraram-se para a cozinha e Antioco foi guardar o livro. Quando desceu de novo, embora ainda comovido pelo milagre, parou com o ouvido na parede para escutar o que o guarda estava dizendo. Dizia: – Peço-lhe desculpa se eu entrei com o animal: é limpo e não vai perturbar porque sabe onde está (O cão, de fato, estava imóvel, com os olhos baixos, com a cauda balançando). Trata-se do velho Nicodemo Pania, vulgo Rei Nicodemo. Foi encontrado na sua choupana, e expressou o desejo de rever o senhor e receber a extrema-unção. Segundo a minha humilde opinião...

– Santo Deus! – disse o padre com impaciência; porém, logo se alegrou infantilmente com a ideia de ir lá em cima e acabar logo, de uma vez por todas, com o seu miserável sofrimento.

– Sim, sim – disse logo. – É preciso procurar um cavalo. A estrada, como está?

— Providenciarei o cavalo e informações sobre a estrada: é meu dever.

O padre ofereceu uma bebida. O guarda por princípio não aceitava nunca nada de ninguém, nem mesmo uma taça de vinho; mas naquele momento sentia o seu dever civil tão ligado ao dever religioso do padre que aceitou a bebida: bebeu, despejou a última gota no chão — já que a terra quer a sua parte em todas as coisas que o homem consome — e agradeceu fazendo o cumprimento militar. Então Paulo viu o cão balançar a cauda e levantar os olhos para olhar para ele com expressão de amizade.

Antioco foi logo abrir a porta, depois se reapresentou na sala de jantar colocando-se à disposição. Não lhe agradava o fato de que a sua mãe, lá nos fundos da taverna, limpa para a ocasião, com a bandeja pronta para o convite, esperasse em vão naquele dia a visita do padre: mas o dever antes de tudo.

— O que eu devo preparar? – perguntou imitando o acento grave do guarda. – Temos que levar a sombrinha também?

— Você acha? Vou a cavalo. Não era para você vir: porém posso levá-lo na garupa do cavalo.

— Eu vou a pé. Eu não me canso nunca.

De fato, poucos minutos depois estava pronto, com uma caixinha na mão e a sua capa vermelha dobrada no braço: por conta própria teria pego também a sombrinha, mas precisava obedecer às ordens superiores.

Enquanto esperava o padre diante da igreja, todos os meninos de rua, dos quais o espaço aberto era o campo de batalha cotidiano, circundaram-no curiosos sem, porém, ousar se aproximar demais, olhando a caixinha devotamente, embora com medo.

— Nós vamos juntos – disse um.

— Vocês vão ficar a mil metros; caso contrário, jogo o cachorro do guarda em cima de vocês.

— O cachorro do guarda? Hum, você é quem vai ficar a mil metros do cachorro do guarda!

— Eu? – disse ele com um sorriso soberbo.

— Sim, você agora acredita que é Deus em pessoa porque tem o verdadeiro Deus na mão.

— Eu, — disse um desajuizado — se fosse você, fugiria com a caixinha e faria muitos feitiços com o óleo santo.

— Saia daqui, mosca de cavalo! O demônio saiu do corpo de Nina Masia e entrou no seu.

— O quê? O demônio?

— Sim, — disse Antioco sério — hoje à tarde *ele* expulsou o demônio do corpo de Nina Masia. Olhe que lá vem ela.

A viúva, com a menina pela mão, estava saindo da casa paroquial; os meninos lançaram-se ao seu encontro e em um instante a notícia do milagre se espalhou pelo vilarejo. Então houve um espetáculo que recordava quase a chegada do padre; todo mundo se juntou na praça e Nina Masia foi colocada pela mãe nos degraus da porta da igreja: lá em cima, morena, firme, com os seus olhos verdes e o seu lenço vermelho, parecia por um momento o ídolo de toda aquela gente humilde de fé.

As mulheres choravam e queriam tocá-la. Enquanto isso tinha chegado o guarda com o cachorro; e o padre a cavalo atravessava a praça. A multidão acompanhava em procissão, cochichando: ele acenava com a mão, virando-se para todos os lados para agradecer, porém, mais do que consternado, sentia-se entediado com tudo aquilo; chegando ao início da estrada em descida, parou o cavalo e parecia querer dizer alguma coisa, então bateu com as esporas no animal e se afastou rápido. Um instinto desesperado fazia-o desejar uma corrida, uma fuga pelo vale, um desaparecimento e uma dispersão de todo o seu ser no espaço selvagem diante de si.

O vento soprava mais forte; na tarde luminosa todas as árvores altas e os arbustos vibravam e brilhavam: o rio refletia o azul do céu, e a roda do moinho parecia repleta de diamantes. O guarda com o cachorro e Antioco com a caixinha vinham descendo circunspectos, compenetrados nos seus deveres: e ele também retomou a estrada mais tranquilo. Depois do rio, a estrada virava um caminho e subia em direção ao planalto: pedras e muretas, árvores tortas e amoreiras o acompanhavam; o vento do poente dava uma doçura quente ao ar e levava perfumes densos, como se arrancasse e expandisse consigo a flor do tomilho e as rosas selvagens.

Continuava subindo: quando o vilarejo desapareceu, na curva do caminho, tudo era vento, pedras, vapor que no horizonte fundiam a terra com o céu.

De quando em quando o cão latia e parecia que outros cães ferozes lhe respondiam: era o eco.

No meio do caminho, o padre propôs a Antioco montar na garupa do cavalo; mas o menino recusou, cedendo contra a sua vontade a caixinha.

E somente então permitiu-se puxar conversa com o guarda: tentativa vã, de qualquer modo, já que o guarda a todo momento acreditava estar investido de altos poderes e, às vezes, parava franzindo a testa; e puxando a viseira do quepe sobre os olhos, virava o olhar de um lado para o outro como se todas as terras ao redor fossem suas e algum perigo as ameaçasse. Então, o cão também parava sobre as quatro patas, farejando o vento, com um tremido que lhe balançava o pescoço e as orelhas.

Por sorte, tudo estava sereno na tarde de vento: sozinho, naquele deserto de pedras e de árvores, no alto das rochas apareciam as cabras elegantes, negras com nuvens rosa ao fundo.

E eis uma ribanceira coberta de rochas de granito: uma verdadeira cascata de pedras que pousavam umas sobre as outras com uma leveza milagrosa.

Antioco reconheceu o lugar onde tinha estado uma vez com o seu pai; e enquanto o padre dava uma volta enorme para não sair da trilha e o guarda o seguia, fiel ao seu ofício, ele subiu pelas pedras e chegou primeiro à choupana do velho caçador.

Era uma cabaninha de ramos circundada por uma mureta de pedras junto às quais o velho solitário, para completar aquela sua espécie de fortaleza pré-histórica, tinha colocado outras pedras.

O sol batia transverso como dentro de um poço; o horizonte velado à esquerda e em frente, revelava-se somente à direita, entre uma rocha e outra, com uma distância azul e uma faixa prateada ao fundo: o mar.

O neto do velho colocou a cabeça negra cacheada pela abertura da choupana.

– Eles estão vindo – anunciou Antioco.

– Mas quem?

– O padre e o guarda.

O homem pulou para fora, ágil e peludo como as suas cabras, rogando praga para o guarda que se intrometia continuamente na vida dos outros.

– Agora eu quebro as costelas dele – ameaçou; mas quando viu o cachorro se afastou, enquanto o cachorro do velho ia em direção ao outro cachorro e se cheiravam para se cumprimentar.

Antioco pegou a caixinha e sentou em uma pedra em frente à abertura azul do quintal: de lá via uma infinidade de peles de javali listradas de cinza e de preto, e peles de marta com manchas douradas estendidas sobre as rochas para curtir; e dentro da choupana o corpo negro do velho deitado sobre outras peles, e o seu rosto escuro com mechas brancas de barba e de cabelo, já com ares de morte.

O padre inclinava-se para interrogar o moribundo; mas ele não respondia, com os olhos fechados, os lábios violeta e uma gotinha de sangue no canto da boca.

Mais adiante estava o guarda, sentado ele também em uma pedra, com o cachorro deitado aos seus pés, olhava fixo para o interior da choupana, irritado porque o moribundo desobedecia às leis, isto é, não pronunciava os seus últimos desejos; e Antioco olhava dissimuladamente para aquele lado pensando com malícia que o guarda teria atiçado prazerosamente o cachorro contra o velho teimoso como contra um ladrão.

Dentro da choupana, o padre inclinava-se cada vez mais apertando as mãos juntas entre os joelhos: a sua grande testa pesava no seu perfil cansado, os lábios apertados demonstravam o seu desgosto.

Ele também estava calado agora: parecia que tinha esquecido por que estava ali, e que escutava somente o barulho do vento entre os adernos, que parecia o distante barulho das ondas. De repente, o cachorro do guarda pulou latindo, e Antioco sentiu sobre a sua cabeça um barulho de bater de asas: virou-se para olhar e viu sobre as rochas a águia domesticada do velho caçador, com o seu bico forte como um pequeno chifre e os leques negros das grandes asas que se abriam e batiam lentamente.

Paulo, dentro de si, pensava: "É assim que se morre. Este homem fugiu dos homens porque tinha medo de matar, de pecar demais. E olha ele aqui agora, pedra entre as pedras. Assim estarei eu daqui a trinta, quarenta anos, depois um exílio eterno. E ela esta noite talvez ainda esteja me esperando...".

Então agitou-se. Ah, não estava morto como acreditava. A vida batia dentro dele, despertava forte e tenaz como a águia entre as pedras.

"Talvez seja preciso passar a noite aqui em cima. Se eu passo esta noite sem me encontrar com ela, estou salvo. Isso, Paulo, coragem."

Saiu e sentou pensativo ao lado de Antioco. O pôr do sol já tingia de vermelho o horizonte: no quintal, alongavam-se as sombras das rochas e dos arbustos que o vento agitava; e pareciam manchas de sol tremulando: e assim, ele dentro de si não sabia distinguir qual dos seus desejos era o mais forte.

– O velho não fala mais. Está agonizando. Agora lhe daremos a extrema unção. E se morrer, será necessário providenciar o transporte do corpo. Seria necessário – disse, como que para si mesmo, mas não ousou terminar a frase: – passar a noite aqui.

Antioco levantou-se e preparou a extrema unção; abriu a caixinha, tirando com prazer os ganchinhos de prata, tirou a toalha, tirou o jarro, estendeu a capa e jogou-a sobre seus ombros: parecia que era ele o sacerdote.

Quando tudo ficou pronto, entraram na choupana onde o neto do velho, ajoelhado, sustentava a cabeça do moribundo.

Antioco ajoelhou-se do outro lado, a ponta da capa esticada no chão, e cobriu com a toalha a pedra que servia de assento. A jarra de prata refletia o vermelho da capa.

Até o guarda ajoelhou-se do lado de fora, com o seu cachorro ao lado.

Então o padre ungiu a testa do velho, a palma das mãos, que nunca quiseram usar de violência, e os pés, que o haviam levado para longe dos homens e do próprio mal.

O sol no poente mandava para dentro da choupana um último clarão esparso que iluminava Antioco entre o moribundo e o padre, parecendo uma brasa entre carvões apagados.

"Eu preciso voltar" pensava Paulo. "Não há razão para ficar aqui."

– É grave – disse, voltando para fora, – não tem mais consciência de nada.

– Estado de coma – disse o guarda com precisão.

– Em algumas horas morrerá. Será necessário providenciar o transporte do corpo.

E de novo teve vontade de dizer: «Talvez seja preciso passar a noite aqui»; mas teve vergonha do seu fingimento.

Além disso, sentia uma vontade de caminhar, de voltar lá para baixo. Com o cair da noite, o pecado o atraía prendendo-o forte com sua rede de trevas. Ele percebia e ficava com medo: mas no fundo se policiava; sentia a sua consciência alerta, pronta para sustentá-lo.

"Basta passar esta noite sem vê-la e estou salvo."

Se alguém conseguisse detê-lo! Se o velho se levantasse e lhe agarrasse a borda da veste!

Voltou a se sentar, tentou tomar tempo. O sol tinha já caído sobre a linha extrema do planalto e lá em cima os troncos dos carvalhos se desenhavam, com o horizonte vermelho ao fundo, como as colunas de um pórtico enquadradas por uma grande moldura negra. Nem mesmo a morte perturbava a paz daquela grande solidão.

Paulo sentia-se cansado e, como na manhã aos pés do altar, queria poder deitar nas pedras e dormir.

Enquanto isso, o guarda tinha por conta própria tomado uma decisão: tinha se ajoelhado perto do moribundo e murmurava alguma coisa em seu ouvido. O neto olhava desconfiado, mas também um pouco debochado. Aproximou-se do padre e disse-lhe: – Agora que o senhor fez o seu dever, vá, vá em paz: agora eu sei o que devo fazer.

O guarda voltou lá para fora.

– Ele não está mais falando, – disse – mas com um sinal pude entender que organizou todas as suas coisas. Nicodemo Pania, – disse dirigindo-se para o neto – com a sua consciência, você nos garante que podemos ir tranquilos?

– Salvo pelo Santíssimo Sacramento da Extrema-unção, não precisavam nem ter vindo. O que lhes importam as minhas coisas?

– É preciso respeitar a lei! E não levante a voz, Nicodemo Pania.

– Basta, não gritem – disse o padre mostrando a choupana.

– O senhor está me mostrando que na vida só existe um dever: fazer o próprio dever – sentenciou o guarda.

E o padre saltou de pé, movido por aquelas palavras; tudo agora lhe tocava o coração, e lhe parecia que o próprio Deus pronunciava as suas vontades pela boca dos homens.

Montou no cavalo e disse ao neto do velho: – Não abandone o seu avô enquanto ele estiver vivo. Deus é grande e nós nunca sabemos o que pode acontecer.

O homem o acompanhou por uma parte da estrada.

– Escute, – disse, quando estavam longe do guarda, – sim, o avô me entregou o dinheiro. Está aqui, embaixo do meu braço. Não é muito, mas o que tem é meu?

– Se ele deu somente para você, é seu – respondeu Paulo, e virou-se para ver se os outros continuavam o caminho.

Continuavam. Antioco estava se apoiando em um cajado feito com um galho de aderno; o guarda com a viseira do quepe e os botões brilhantes no reflexo do crepúsculo, antes de pegar a trilha, virou e fez a saudação militar na direção da choupana. Saudava a morte. E a águia pareceu responder do seu ninho, batendo mais uma vez as asas antes de adormecer.

A escuridão subia rápida do vale e logo envolveu os três viajantes. Mas na curva da trilha, depois do rio, uma luz distante que vinha do vilarejo iluminou o caminho deles. Parecia que lá em cima estava havendo um incêndio. Grandes chamas brilhavam na encosta e o guarda percebeu com a sua visão acutíssima muitas sombras que se agitavam na praça da igreja.

Era um sábado e quase todos os homens deviam ter voltado para a vila; mas isto não explicava o porquê do fogo e da insólita agitação.

– Eu sei o motivo – disse Antioco com alegria. – Esperam o nosso retorno e querem festejar o milagre de Nina Masia.

– Oh, Deus! Deus! Você é muito tonto, Antioco – gritou o padre, olhando quase que com medo para a ribanceira abaixo da vila iluminada pelo fogo.

O guarda não se pronunciou, mas no seu silêncio arrogante sacudiu a correntinha do cachorro e ele latiu: gritos roucos ecoaram no vale e, para o padre, na sua angústia, pareceu que uma voz misteriosa protestava contra ele, reprovando-o por abusar da simplicidade dos seus paroquianos.

"O que eu fiz com eles?" perguntou-se. "Eu os massacrei como fiz comigo. Deus, salve-nos todos."

Acometiam-no propósitos heroicos: parar, na chegada, no meio dos seus fiéis, e confessar o seu pecado, a sua miséria; abrir o peito diante deles e deixar brilhar o seu coração miserável, porém ardente da chama da sua dor, mais forte que o fogo do mato seco da encosta.

Uma voz, porém, subia-lhe da consciência: "É a fé deles que estão festejando: festejam Deus em você. Você não tem o direito de intrometer a sua miséria entre eles e Deus".

Mas de mais profundo ainda uma outra voz lhe dizia: "Não é isto: é que você é mal. Tem medo de sofrer, de se consumir verdadeiramente".

E à medida que se aproximava da vila, dos homens, sentia-se mais perdido que nunca. O que fazer? Parecia-lhe que as sombras e as luzes criadas pelo fogo da encosta, que atingiam tudo ao redor, cada pedrinha, cada plantinha, estavam saindo da sua consciência. Mas qual era a verdade: a branca ou a negra?

Recordava a sua chegada à vila anos atrás: a mãe que o seguia temerosa como se segue uma criança que dá os primeiros passos.

"E eu caí na frente dela... E ela acredita ter me levantado, mas estou mortalmente ferido. Meu Deus, meu Deus..."

E, de repente, sentiu uma sensação de alívio, pensando que aquela festa improvisada o afastava da sua pena, talvez até do perigo...

"Vou convidar algumas pessoas para ir lá em casa: então vão ficar até a noite. Vai ficar tarde... Se passar a noite, estou salvo."

Já se distinguiam, no alto, as pontas negras dos capuzes dos homens debruçados no parapeito do pátio; e as chamas, mais altas, de um lado e do outro da igrejinha, balançando como bandeiras vermelhas: os sinos não tocavam, como da outra vez, mas uma gaita acompanhava com o seu som melancólico o tremular do clarão ao redor.

E eis que sobre o campanário surgiu um astro de prata que imediatamente se desfez e se dispersou acompanhada por uma explosão que rebombou no vale. Seguido por um grito de alegria e depois outros raios de esplendor e estrondos de disparos. Davam tiros em sinal de júbilo, como nas noites de festa solene.

– Ficaram loucos – disse o guarda. E deslanchou a toda velocidade adiante, com o cachorro que latia grave, como se lá em cima houvesse uma revolta para ser contida.

Já Antioco tinha vontade de chorar. Olhava para o padre, alto sobre o cavalo, negros os dois no clarão dos fogos, que parecia para ele um santo em procissão.

"Minha mãe hoje à noite fará ótimos negócios com toda esta gente alegre" pensou, todavia.

E sentiu-se tão feliz que desdobrou a capa e a jogou sobre as costas; depois pegou a caixinha, mas não abandonou o cajado; e assim entrou na vila, igual a um dos Reis Magos.

A neta do velho caçador chamou o padre da sua porta e pediu notícias do avô.

– Está tudo bem.

– Então o meu avô está melhor?

– O seu avô a esta hora está morto.

Ela deu um grito; e foi a única nota destoante da festa.

Já os meninos desciam ao encontro do padre; circundaram o cavalo como um enxame de moscas e, assim, em grupo, subiram até a praça. Lá em cima não havia tanta gente como parecia de longe, multiplicada pelas sombras; a presença do guarda com o cachorro havia dado um pouco de ordem por ali: os homens estavam enfileirados perto do parapeito, sob as árvores iluminadas pelo clarão do fogo, e alguns bebiam diante da pequena taverna da mãe de Antioco; as mulheres, com bebês dormindo no colo, estavam sentadas nos degraus da igreja em volta de Nina Masia, tranquila como um gato sonolento.

O guarda com o cachorro, no meio da praça, parecia um monumento.

Quando o padre apareceu, todos o rodearam: o seu cavalo, porém, esporado escondido, apressou o passo tentando descer pela parte oposta da igreja, onde ficava a casa de seu dono.

Então o dono, que era um dos que estavam bebendo em frente à taverna, foi até ele com o copo na mão e parou o animal pelas rédeas.

– Ei, pangaré, está pensando o quê? Eu estou aqui.

O cavalo parou na hora, esticando a boca com o freio como se quisesse beber o vinho do seu dono: e o padre fez como se fosse descer, mas o homem segurou sua perna e conduziu cavalo e cavaleiro para a frente da taverna, esticando o copo para um companheiro que estava com a garrafa na mão.

Todos, homens e mulheres, tinham se reunido ao redor. Sobre o fundo dourado da porta da taverna, a figura alta e cigana da mãe de Antioco, com seu rosto que no clarão do fogo parecia de cobre, olhava sorrindo para a cena: os bebês acordados no colo das mães se encolhiam um pouco amedrontados, fazendo, com os seus movimentos, brilhar os amuletos de coral e de ouro que todos, até os mais pobres, estavam usando; e no meio do ondular cinza da multidão, o padre em cima do cavalo parecia realmente o pastor no meio do seu rebanho.

Um velho de barba branca colocou-lhe uma mão sobre o joelho e virou o rosto para as pessoas: – Gente, – disse com voz comovida – este é realmente um homem de Deus.

– E então beba e multiplique o vinho – gritou o dono do cavalo entregando o copo a Paulo, que logo o levou à boca: mas seus dentes tremiam, e o vinho vermelho, brilhante com o reflexo do fogo, parecia-lhe sangue.

Ele estava sentado de novo à sua mesa, na salinha de jantar iluminada por uma lamparina a azeite. A lua grande dourada subia no céu pálido sobre o monte, que pela janela parecia uma montanha.

Até aquele momento, alguns moradores, o velho da barba branca, o dono do cavalo e outros tinham ficado, convidados por ele, para lhe fazer companhia. Bebiam e brincavam, contavam suas histórias de caça. O velho da barba branca, que também era caçador, criticava o Rei Nicodemo porque, dizia ele, o velho solitário não exercitava a caça segundo a lei de Deus.

– Não para ofendê-lo, nos seus últimos momentos, mas pela verdade, eu diria que ele exercitava a caça somente por especulação. No inverno passado, só com as peles de marta conseguiu milhares de liras. E Deus permitiu que se matassem os animais, mas que não se desperdiçasse. Ele as pegava inclusive com laço, e isto não é permitido, porque os animais sofrem como nós e devem ser terríveis as horas passadas com o laço. Uma vez, eu mesmo vi com estes olhos um laço onde uma lebre tinha deixado a sua pata. Vocês estão me entendendo? A lebre presa no laço tinha roído a carne em torno da sua pata e a arrancou para poder se libertar. E além disso, o que Nicodemo fazia com o dinheiro? Escondia. Agora o neto vai beber o dinheiro em poucos dias.

– Dinheiro foi feito para ser gasto – disse o dono do cavalo, que era um homem vaidoso. – Eu, por exemplo, sempre gastei para me divertir, sem fazer mal a ninguém. Uma vez, na nossa festa, não sabendo o que fazer, parei um vendedor de peneiras que passava com a sua mercadoria, comprei todas as peneiras, fiz com que rolassem pela praça, fiquei correndo atrás delas empurrando-as com o pé. Em um instante, todo mundo estava atrás de mim, rindo e gritando. As crianças e os jovens, e depois também alguns homens sérios, começaram a me imitar. Foi uma brincadeira de que todo mundo ainda se lembra. Toda vez que o antigo pároco me via, gritava de longe: «Ei, Pasquale Masia, não tem uma peneira para brincar?».

Os convidados riam: só o padre parecia distraído. Estava pálido e cansado. E o velho da barba branca, que o observava com devoção, fez um sinal para os companheiros chamando-os para irem embora. Já era tempo de deixar o servo de Deus na sua santa solidão e no seu merecido repouso.

Os convidados levantaram-se todos juntos e despediram-se; então Paulo ficou só, entre a chama trêmula da lamparina e a lua que ele olhava da janela: lá fora o barulho dos sapatos de montanha dos homens que se afastavam ressoava no calçamento de pedra da estrada solitária.

Ainda era cedo para ir dormir; e embora estivesse se sentindo bem dolorido, com a nuca tensa por causa do cansaço, como se durante o dia inteiro tivesse carregado um arado, nem cogitava subir para o seu quarto.

A mãe ainda estava na cozinha: ele não a via, mas sentia que ela estava velando *como na noite anterior.*

Como na noite anterior! Pareceu-lhe ter dormido muito e ter acordado de sobressalto: e que a angústia do retorno da casa de Agnese, e os pensamentos da noite, a carta, a missa, a viagem para o planalto, a manifestação dos moradores, tudo tivesse sido um sonho. A vida verdadeira recomeçava agora: ele saía... dois passos, dez passos... abria a porta, voltava para ela... A vida verdadeira recomeçava.

"Mas talvez nem esteja me esperando. Não está mais me esperando."

Então sentiu os seus joelhos perderem força e se dobrarem. De novo o pânico o acometia, não mais por pensar em voltar para ela, mas pela ideia de que ela tivesse aceitado o destino e já começasse a esquecê-lo.

E percebeu que, no mais profundo do seu coração, a maior pena, depois da descida do planalto, tinha sido esta: não saber nada dela, o silêncio, o seu desaparecimento.

Era esta a verdadeira morte: que ela deixasse de amá-lo.

Escondeu o rosto entre as mãos, tentou *vê-la* e começou a censurá-la por todas as coisas que ela deveria censurá-lo.

"Agnese, você não pode esquecer as suas promessas. Como, como pode esquecê-las? Você apertava os meus pulsos com as suas mãos fortes e me dizia: «Estamos ligados pela vida e pela morte». É possível que você esqueça? Você dizia: «Você sabe, você sabe...»."

Passou um dedo na nuca, em torno do pescoço; parecia estar sufocando.

"É o demônio que me prendeu com o seu laço."

E pensou na lebre que tinha roído a pata.

Respirou profundamente, levantou-se, pegou a lamparina. Ele queria forçar a sua vontade, roer ele também a carne para se libertar. Decidiu subir para o quarto, mas no seu movimento viu a sua mãe, sentada como sempre no mesmo lugar na cozinha silenciosa e, ao seu lado, Antioco que tinha adormecido. Apoiou-se na porta.

— O que esse rapaz ainda faz aqui?

A mãe virou-se olhando para ele, hesitando; queria poder não falar, esconder Antioco com a borda da sua veste para que Paulo não demorasse, para que ele se retirasse para o seu quarto. Tinha agora uma fé sólida nele, mas ela também pensava no demônio e no seu laço.

Antioco, porém, já tinha acordado e lembrava bem o motivo pelo qual, apesar da insistência da mulher para que fosse embora, ele ainda estava ali esperando.

— Eu estou aqui porque minha mãe espera a sua visita.

— Mas isso lá é hora de visitas? — protestou a mãe. — Anda, vá; diz a ela que Paulo está cansado e que irá amanhã.

Falando com o menino, olhava para o filho e via-o com os olhos vidrados na lamparina, mas os seus cílios batiam como asa de mariposa na luz.

Antioco se levantou com ar desolado.

— É que a minha mãe está esperando. E crê que seja coisa grave.

— Se fosse coisa grave, iria dizer logo. Vá, anda.

A voz dela era áspera e Paulo levantou os olhos que, de repente, ficaram ardentes: percebia o medo da mãe, de que ele saísse, e uma profunda irritação o assolou.

Colocou a lamparina na mesa, batendo com força, e chamou Antioco.

— Vamos até a sua mãe.

No corredor, porém, virou e disse: — Volto logo, mamãe; deixe a porta aberta.

Ela não se mexeu, mas depois que os dois saíram foi espiar pela porta entreaberta; viu-os atravessarem a praça sob o luar, entrarem na taverna ainda iluminada: então entrou e começou a esperar, como na noite anterior.

Percebeu que surpreendentemente não tinha medo de que o antigo pároco lhe aparecesse. Tudo tinha sido um sonho. Porém, no fundo, não tinha certeza se o fantasma não ia retornar e lhe pedir as suas meias remendadas.

– Remendá-las, eu remendei – disse em voz alta, pensando no que tinha feito por seu filho. E sabia que se o fantasma voltasse, ela saberia se impor e entrar em acordo com ele.

Porém, tudo estava quieto no silêncio lunar: através dos vidros da janelinha, viam-se as árvores da encosta resplandecerem, como se cada folha lançasse uma centelha de prata: o céu parecia de leite e o aroma dos arbustos perfumados penetrava na casa. Ela também estava quieta, mas não sabia o motivo; pensando que o seu Paulo ainda poderia se sujeitar ao pecado, não tinha mais medo. Via ainda os seus cílios baterem como os de um menino pronto para chorar: e o seu coração de mãe finalmente se derretia de piedade.

"Por que, Senhor, por que?"

Não ousava terminar a sua pergunta, mas o questionamento estava no fundo do seu coração como uma pedra no fundo do poço. Por que, Senhor, Paulo não podia amar uma mulher? Todos podem amar, até os servos e os pastores, até os cegos e os condenados ao cárcere; por que o seu Paulo, a sua criatura, só ele não podia amar?

De novo, porém a sensação da realidade a envolveu. Recordou as palavras de Antioco e ficou com vergonha de ser menos esperta que um menino.

«Eles mesmos, os padres mais jovens, tinham pedido para viver livres e castos, longe de mulher.»

E o seu Paulo era forte; não era menos que os seus antigos antecessores: ele não choraria, não; as suas pálpebras parariam, áridas como as dos mortos. Ele era forte.

"Eu é que estou perdendo o bom senso."

Sim, parecia ter envelhecido vinte anos naquela longa jornada de emoções: cada hora tinha lhe dado um golpe nos rins, cada minuto tinha-lhe aplainado a alma como o quebrador de pedras aplainava as rochas ásperas lá atrás da encosta.

Tantas coisas pareciam claras, diferentes do dia anterior; a figura de Agnese que a olhava orgulhosa escondendo dentro de si todo sentimento, saltava de quando em quando diante dela.

– Ela também é forte e saberá esconder tudo.

Lentamente cobriu bem o fogo, para que nenhuma centelha pudesse saltar das cinzas e atingir algum objeto próximo, depois foi fechar a porta, pois sabia que ele levava sempre a chave consigo; pisava forte, como se quisesse que ele escutasse, embora distante, e como se afirmasse com o seu passo seguro a sua segurança interna.

No entanto, sabia bem que esta segurança, no fundo, não era firme: mas o que há de firme na nossa vida, meu Deus? Nem as raízes dos montes, nem os alicerces das igrejas, já que um tremor de terra pode arrancá-los: assim ela estava segura com o seu Paulo, e segura de si, mas com o angustiante medo do desconhecido que pode surpreender. Sentou-se na sua cadeira, no seu quarto, pensando que talvez tivesse sido melhor deixar a porta aberta.

Depois levantou-se e começou a desamarrar o cordãozinho do avental: mas o nó estava tão atado que acabou por irritá-la.

Precisava cortar o cordão, então deu um passo para procurar a tesoura na sua cesta de costura. Ali tinha se aninhado um gatinho e os novelos tinham se aquecido; até a tesoura estava quentinha, e ela a sentiu como se estivesse viva entre os seus dedos, mas logo a guardou. Não, ela queria desfazer o nó. Então, aproximou-se da luz e puxou o nó do avental; depois de algumas tentativas, conseguiu desfazê-lo Deu um suspiro, depois continuou a tirar devagar as vestes, dobrando-as com cuidado sobre a cadeira após ter tirado do bolso da túnica as chaves e tê-las colocado em fila, como uma boa família em repouso, na prateleira do criado-mudo. Assim tinham lhe ensinado os patrões: ordem e ordem; e ela ainda obedecia aos antigos comandos.

Voltou a se sentar, com a camisola curta sobre as pernas que pareciam de madeira; e bocejou: bocejos de cansaço e de resignação.

Não, ele vai voltar, e na porta fechada vai ler a plena confiança de sua Mãe. Precisava pegá-lo assim, com a plena confiança. Ainda assim ela aguçava o ouvido: de modo diferente da noite anterior, mas aguçava o ouvido.

Deixou cair os sapatos, encostou um no outro, como bons irmãos que devem fazer companhia um ao outro também de noite; e continuava a rezar e bocejar; bocejos de cansaço e de resignação, mas também de nervoso.

Afinal o que ele tinha ido dizer para a mãe de Antioco? A mulher não gozava de boa reputação: era agiota e diziam até que ela fosse cafetina. Não, ela assoprou a vela, apagou a brasinha com os dedos molhados de saliva e subiu na cama: mas não conseguiu deitar.

Pareceu-lhe ouvir um passo no quarto. Era o fantasma que tinha voltado? Um medo terrível que ele subisse na cama e a possuísse obscurecia-lhe a mente: o sangue gelou em suas veias, depois subiu todo para o coração como uma multidão em disparada pelas ruas de uma cidade que desemboca toda na praça. Poucos instantes e se refez, envergonhou-se do seu medo, com certeza gerado pelas dúvidas impuras que ela tinha sobre o seu Paulo.

Não, não queria, não queria mais investigar nem o seu menor movimento. Precisava ficar quieta, no escuro, assim, no seu quartinho de empregada. Deitou, cobriu-se; cobriu inclusive as orelhas para não ouvir se ele voltava ou não: mas por dentro continuava sentindo, sentia que ele não voltaria, que tinha sido levado embora por alguém, contra a sua vontade, como alguém que vai arrastado dançar.

Estava, porém, segura em relação a ele: mais cedo ou mais tarde, ele saberia se libertar; mas por outro lado, ela estava ali, debaixo das cobertas, mas não conseguia dormir; e tinha a impressão de sentir ainda o nó apertado do seu avental, decidida a desfazê-lo.

E além disso, o zumbido das orelhas cobertas parecia-lhe o barulho da multidão lá embaixo na praça e mais distante ainda: um barulho de gente que se lamentava, mas também ria, cantava e dançava. O seu Paulo estava no meio. E acima, em um lugar alto, alguém tocava docemente um alaúde. Quem sabe fosse Deus, acima do baile dos homens.

A mãe de Antioco tinha ficado o dia todo pensando qual seria o objetivo da tal visita do padre; mas disfarçava bem a ansiedade da espera. Talvez ele quisesse lhe fazer alguma observação sobre a agiotagem e sobre os outros ofícios que ela exercia; e porque emprestava, unicamente para fins medicinais, mas sempre em troca de uma pequena recompensa, algumas relíquias antiquíssimas herdadas pela família de seu marido. Ou talvez quem sabe, quisesse um empréstimo, para si ou para terceiros. De qualquer modo, tendo ido embora o último cliente, aproximou-se da porta com as mãos dentro dos bolsos pesados de moedas de cobre e olhou se pelo menos Antioco estava voltando. Voltava acompanhado do padre. Estavam atravessando a praça, negros à luz da lua.

Ela fingiu estar abaixando a porta; e fechou, de fato, pela metade, abaixando-se para prendê-la com uma estaca. Era ágil nos seus movimentos, tinha força no corpo, cabeça pequena, ao contrário das suas conterrâneas, mas que parecia grande por causa de uma grande concha de tranças negras.

Quando o padre estava se aproximando, ergueu-se e cumprimentou-o dignamente, mas fitando os olhos dele com seus olhos negros lânguidos e ardentes: depois convidou-o para se acomodar do lado de dentro, no cômodo interno, enquanto Antioco lhe suplicava com os olhos para que ela insistisse no convite.

O padre, porém, disse afavelmente: – Então finalmente estamos aqui – e sentou-se a uma das longas mesas da taverna, negras de vinho.

Antioco, resignado, ficou em pé perto dele, virando para um lado e para o outro a ágil cabeça para olhar se, pelo menos, tudo estava em ordem, e temeroso que chegasse algum cliente.

Não vinha ninguém e tudo estava em ordem: a grande sombra da mãe cobria a prateleira das garrafas verdes, vermelhas e amarelas dos licores, atrás do pequeno balcão, enquanto a luz do lampião a querosene batia crua sobre os pequenos barris pretos apoiados na parede em frente. Além do mais, só havia a mesa do padre e uma outra mesa solitária; e na porta, pendurado no portal, um maço de giestas que servia ao duplo objetivo de advertir os passantes de que ali era a porta de uma taverna e de pegar moscas.

Antioco tinha esperado o dia inteiro por aquele momento: parecia-lhe que seria revelado um segredo. Tinha medo que chegasse alguém, que a sua mãe fizesse alguma coisa embaraçosa. Gostaria que ela fosse mais humilde, mais submissa perante o padre: mas, ao contrário, ela retomou seu lugar no balcão, parecendo uma rainha no trono; parecia ignorar que aquele homem sentado como um simples cliente à mesa da taverna fosse um santo que operava milagres; e nem lhe era grata pela grande saída de vinho que ele tinha lhe proporcionado naquele dia.

Mas então, finalmente ele falou: – Eu queria ver também o seu marido – ele começou, com os cotovelos sobre a mesa, batendo umas nas outras as pontas dos dedos um pouco abertos, por entre os quais ele olhava. – Mas Antioco diz que ele só volta no outro domingo.

A mulher fez um leve aceno com a cabeça.

– Voltará no outro domingo, sim. Mas se quiser posso ir chamá-lo – propôs Antioco entusiasmado, mas ninguém se importou.

– Trata-se do rapaz. É chegado o momento em que vocês devem pensar bem sobre o futuro dele. O rapaz já está grande: é preciso ensinar-lhe uma profissão, ou, se quiserem que ele se torne sacerdote, é necessário pensar seriamente na responsabilidade que estão assumindo.

Antioco abriu os lábios, mas, como a mãe começava a falar, virou-se para ela e escutou silencioso, mas com sombras de desaprovação no seu rosto perturbado.

A mulher aproveitou a ocasião para elogiar o marido, como sempre fazia, e também para se desculpar por ter se casado com um homem muito mais velho que ela.

– O meu Martino, o senhor bem sabe, é o homem mais consciente do mundo: bom marido e bom pai, e trabalhador, então, como ele não há nenhum outro. Que homem aqui nessa cidade trabalha como ele? Diga-me o senhor, padre, o senhor que sabe quanta fome gira em torno desse lugar por causa da preguiça do povo daqui. Então, eu estava dizendo, se Antioco quer escolher uma profissão só pode seguir o pai: é a melhor profissão para ele. O rapaz é livre, e também se não quiser fazer nada, não estou dizendo para aparecer, mas graças a Deus, ele poderia viver sem roubar. Mas se quiser uma profissão diferente da do pai, que escolha: se quiser ser carvoeiro, que seja carvoeiro; se quiser ser marceneiro, que seja marceneiro; se quiser ser agricultor, que seja agricultor.

– Eu quero ser padre – disse o rapaz com os lábios trêmulos e os olhos vívidos de vontade.

– Então, que seja padre.

E o seu destino parecia resolvido.

O padre deixou cair as suas mãos sobre a mesa, como duas folhas brancas: levantou o rosto, voltou a baixá-lo.

De repente, pareceu-lhe ridículo aquela sua intromissão na vida dos outros. Como podia resolver o problema do futuro de Antioco se não conseguia resolver nem o seu?

O rapaz estava ali, diante dele, tenso e quente como o ferro em brasa que espera o golpe do martelo para receber forma: qualquer palavra podia lhe fazer bem, qualquer palavra podia também feri-lo.

Olhava para ele quase que com inveja e no fundo da sua consciência aprovava aquela mãe que deixava o filho livre para abandonar-se ao seu instinto.

– O instinto não nos engana nunca – disse, prosseguindo em voz baixa o seu pensamento. – Mas você, Antioco, diga-me agora na frente da sua mãe: por que você quer ser padre? Não é uma profissão o ofício de um padre: não é ser carvoeiro ou marceneiro. Agora pode lhe parecer algo fácil, cômodo, mas você verá depois que é muito difícil. As alegrias e as diversões permitidas aos outros homens são proibidas para nós: a nossa vida, se nós quisermos verdadeiramente servir ao Senhor, é um contínuo sacrifício.

– Eu sei – disse com simplicidade o rapaz. – Eu quero servir ao Senhor.

E olhou para a sua mãe, pois tinha um pouco de vergonha de mostrar todo o seu entusiasmo na frente dela, mas ela estava lá em cima tranquila e fria no balcão como quando servia os clientes, e ele prosseguiu: – O meu pai e a minha mãe estão felizes por eu me tornar padre: por que eu não deveria? Algumas vezes ainda sou imaturo porque sou menino ainda; mas de agora em diante, serei mais sério e atento.

– Não é isso, Antioco. Você é até sério demais e atento: na sua idade, é preciso ser despreocupado, alegre; estudar e se preparar para a vida, sim, mas ser também adolescente.

– E eu não sou adolescente? Eu brinco, sim; é que o senhor não me vê quando estou brincando. Mas também, se eu não tiver vontade, por que é que eu tenho que brincar? Eu me divirto de tantas maneiras: quando eu toco os sinos eu gosto tanto. Fico parecendo um pássaro lá no campanário. E hoje não me diverti? Adorei levar a caixinha, gostei de subir e subir entre as pedras. Cheguei antes do senhor, que estava a cavalo. Gostei tanto quando voltamos; e gostei tanto hoje – disse abaixando os olhos – quando o senhor expulsou os demônios do corpo de Nina Masia.

O padre sorriu, embora contrariado.

– Você acredita nisso? – perguntou em voz baixa; e logo viu os olhos do rapaz se abrindo tão luminosos de fascínio e de fé que abaixou os seus para esconder a sombra tenebrosa da sua alma.

– É que... é que quando se é adolescente, pensa-se de um jeito, e tudo parece lindo e maravilhoso, – retomou, perturbado, – porém, depois, com a idade, as coisas mudam de aspecto. É preciso refletir bem sobre algo antes de realizá-lo, para depois não se arrepender.

– Não, não vou me arrepender, estou lhe dizendo! O senhor se arrependeu? Não. Então... nem eu vou me arrepender.

Paulo levantou os olhos: de novo pareceu-lhe ter nas mãos a alma do menino, como se fosse de cera e pudesse com poucos toques deformá-la; de novo teve medo e se calou.

A mulher, do seu balcão, escutava quieta: as palavras do padre começavam, porém, a lhe dar um certo mal-estar. Abriu a gaveta à sua frente, onde tinha dinheiro e os anéis com as cornalinas e os broches e as castanholas que as mulheres lhe entregavam em penhor por pequenos empréstimos: e pensamentos maldosos lampejaram nas câmaras mais obscuras da sua mente como aquelas tristes joias no fundo da sua gaveta.

"O padre tem medo que Antioco vire padre logo e lhe tome a casa paroquial" pensava, "ou está precisando de dinheiro e está descontando o seu mau humor. Agora vai pedir emprestado".

Fechou a gaveta devagar e retomou o seu comportamento tranquilo: estava habituada a calar, a não se envolver, nem se fosse chamada, na discussão dos seus clientes, principalmente se eles estivessem jogando cartas. Assim, deixou o seu pequeno Antioco enfrentar o seu adversário.

– Como não acreditar? Não estava endemoniada Nina Masia? Eu mesmo estava sentindo o demônio que se chacoalhava dentro dela como um lobo na jaula. E bastaram as palavras do Evangelho, ditas pelo senhor, para que ela fosse liberta.

– É verdade, a palavra de Deus pode tudo – admitiu o padre. E de repente se levantou.

Queria ir embora? Antioco olhou para ele meio espantado.

– Mas já vai? – perguntou.

Era essa a famosa visita? Correu até o balcão e fez um sinal desesperado para a mãe: e ela se virou e pegou uma garrafa da prateleira. Ela também estava decepcionada: esperava poder emprestar dinheiro ao pároco, mesmo que fosse com juros mais baixos; e assim legitimar de algum modo a sua usura diante de Deus; ele, porém, tinha ido especialmente para dizer para Antioco que o ofício do padre não é igual ao do marceneiro: mas de qualquer modo, precisava honrá-lo.

– Senhor pároco, o senhor não pode ir assim! Aceite alguma coisa: é vinho envelhecido do século passado.

Antioco tinha já na mão a bandeja com um cálice de cristal.

– Pouco, pouco.

A mulher punha a bebida, debruçada sobre o balcão, atenta para não perder uma gota. Paulo levantou o cálice, dentro do qual o vinho exalava um perfume de rosa escura, e ofereceu-o ao rapaz para que ele experimentasse, depois bebeu.

– Então bebamos ao futuro pároco de Aar! – disse.

E Antioco apoiou-se ao balcão, não se aguentando em pé, com as pernas bambas: foi o momento mais feliz da sua vida.

Na sua alegria, enquanto a mãe se virava para colocar na prateleira a preciosa garrafa, não percebeu que o padre estava empalidecendo, com o olhar fixo para fora da porta como se estivesse vendo um fantasma.

Uma figura preta vinha correndo silenciosa pela praça: veio até a porta da taverna, olhou com os seus olhos pretos arregalados e entrou ofegante.

Era uma empregada de Agnese.

O padre instintivamente se retirou para o fundo da taverna, procurando se esconder, indo como se estivesse sendo empurrado pelas costas; parecia-lhe girar em torno de si mesmo como um peão, lembrou que não estava sozinho e podiam observá-lo, e parou.

Mas não queria ouvir as palavras que a empregada dizia à mulher, atenta a escutá-la do seu balcão: só queria fugir dali e se salvar; o seu coração não estava mais batendo, todo o seu sangue tinha-lhe subido para a cabeça e explodia dentro dos ouvidos. As palavras da empregada, porém, chegavam-lhe, do mesmo modo, até fundo da sua alma.

– Ela caiu: saiu tanto sangue do nariz dela, mas tanto, que parece que se rompeu alguma coisa dentro da cabeça dela. E o sangue continua. Dê-me as chaves de Santa Maria do Egito, a única coisa que pode estancar.

Antioco, que escutava com a bandeja e o cálice ainda na mão, correu para pegar as chaves de uma antiga igrejinha destruída que, realmente, quando colocadas nas costas de quem sofria de hemorragia no nariz, tinham o poder de parar o fluxo de sangue.

"É um teatro" pensava Paulo. "Nada é verdade. Ela mandou a empregada aqui para me espiar e para tentar me atrair para a sua casa. Podem até estar de conluio com esta alcoviteira."

Porém, por dentro, bem lá no fundo, o turbilhão de todo o seu ser crescia. Não, a empregada não estava mentindo: Agnese era orgulhosa demais para confiar em alguém e muito menos nas suas empregadas. Agnese estava realmente mal. Parecia que ele estava vendo a sua doce face ensanguentada. E era ele quem a tinha agredido. «Parece que se rompeu alguma coisa dentro da cabeça dela.»

Viu os olhos oblíquos da mulher no balcão levantarem rápidos na direção dele, com um olhar de surpresa pela sua indiferença.

– Mas como foi? – perguntou ele, então, calmamente à empregada, tentando disfarçar para si mesmo a sua agonia.

Ela virou-se para ele, com um rosto escuro, duro, pontudo, que se sobressaía como uma rocha contra a qual ele tinha medo de bater.

– Eu não estava em casa quando ela caiu. Foi hoje de manhã quando eu tinha ido à fonte; quando voltei, já a encontrei mal: ela tinha tropeçado no degrau da porta e estava com o nariz sangrando. Além disso, parecia assustada. Depois o sangue estancou, mas ficou pálida o dia inteiro e não quis comer. Agora à noite, então, o nariz voltou a sangrar, e não é só isso: teve também uma espécie de convulsão. Agora eu a deixei lá, fria e rígida, com o nariz que não para de sangrar. Estou preocupada, – repetiu enrolando no avental as chaves que Antioco tinha trazido: – somos só mulheres em casa.

Enquanto saía, não parava de encará-lo, como se quisesse atraí-lo com a força do seu olhar.

E a mulher sentada no balcão disse com a sua voz fria: – Por que não vai vê-la, senhor pároco?

Ele torcia as mãos sem perceber.

– Não sei... a esta hora...

– Venha, venha! A minha pequena patroa ficará contente e terá mais ânimo se o senhor vier.

"É o demônio que está falando pela sua boca", ele pensava enquanto a seguia inconscientemente. Tinha agarrado Antioco pelo ombro e o arrastava junto como um apoio. E o menino ia com ele, como uma tábua sobre as ondas. Assim foram pela praça, e subindo, subindo, até a casa paroquial. A empregada corria à frente, virando-se, porém, às vezes, para ver com o branco dos olhos iluminados a lua. Tão sombria, com o rosto escuro como uma máscara, tinha realmente um quê de diabólico: e Paulo ia atrás com uma leve sensação de medo, caminhando tão apoiado em Antioco que parecia Tobias cego.

Mas passando junto à sua porta percebeu, até porque o rapaz tentou empurrar a aldrava, que a mãe a tinha fechado. Parou de repente, soltou-se do companheiro.

"Minha mãe fechou porque já sabia que eu não manteria a palavra" pensou. – Antioco, – disse ao rapaz – volte para a sua casa, vá.

A empregada parou; voltou a caminhar; parou de novo, viu que o rapaz estava indo para a sua casinha e que o padre colocava a chave na fechadura da sua porta: então voltou até ele.

– Não vou – disse ele, virando-se quase que em tom de ameaça: e olhou-a bem no rosto, como se quisesse reconhecê-la através do seu semblante. – Se tiverem uma necessidade real, entende, necessidade real, pode voltar a me chamar.

Ela foi embora, sem pronunciar nenhuma palavra; e ele ficou diante da sua porta com a mão sobre a chave como se esta não girasse mais. Não podia, não podia entrar; e nem continuar pelo caminho que tinha pego, não podia. Por alguns instantes teve a impressão de ter que ficar assim pela eternidade, diante de uma porta fechada, ainda que tivesse a chave.

Antioco, enquanto isso, tinha voltado para casa: a mãe fechou a porta e ele lavou e organizou os copos; e o primeiro que lavou com a água limpa, foi aquele onde Ele tinha bebido. Enxugou-o cuidadosamente passando bem com o polegar um pano branco; depois o olhou através da luz da lamparina com um olho só; parecia de diamante. E escondeu-o em um armário, com devoção, como o cálice da missa.

Paulo também tinha voltado para casa e ia tateando pela escada escura; e tinha uma recordação confusa, de quando era criança, de que subia assim, tateando e engatinhando por uma escada que, no entanto, não lembrava bem onde era.

Como naquela época, tinha a impressão de um perigo que somente estando muito atento se podia evitar. Terminou o primeiro lance. Chegou à sua porta. Estava salvo. Mas diante da sua porta hesitou novamente em abrir; e de uma vez se virou e bateu levemente com o nó do indicador na porta da mãe: então, sem esperar resposta, abriu e entrou.

– Sou eu, – disse duramente – não acenda. Tenho algo a lhe dizer.

Sentiu que ela se agitava na cama, cujas palhas de grãos rangiam; mas não a estava vendo, não queria vê-la, queria só que as suas duas almas se falassem nas trevas, como se tivessem passado para o lado de lá.

– É você? Eu estava sonhando – ela disse com voz sonolenta, porém assustada. – Um baile... alguém tocava um alaúde.

– Mamãe, – ele continuou, sem se importar com as palavras dela, – escute. Aquela mulher, sabe, Agnese, está mal. Desde hoje de manhã está mal; caiu; parece que rompeu alguma coisa dentro da cabeça. Está com o nariz sangrando.

– O que você está me dizendo, Paulo! Está correndo perigo?

A voz, no escuro, ressoava alarmada e ao mesmo tempo incrédula. Ele continuava, imitando do seu jeito a voz ofegante da empregada: – Foi esta manhã, depois da carta. Então, durante o dia, ficou pálida, sem querer comer; e agora à noite começou a se sentir mal: está tendo convulsões.

Sentiu que exagerava e parou: a mãe ficou calada. Por um momento havia, naquela escuridão, naquele silêncio, um mistério de morte: como dois inimigos que se procuram na escuridão sem conseguir se encontrar. Então a palha do colchão estalou de novo: a mãe devia ter se sentado na cama, porque a sua voz clara parecia vir do alto.

– Paulo, quem lhe contou tudo isto? Pode não ser verdade.

E ele sentiu mais uma vez que era como se fosse a sua consciência que estivesse falando; respondeu logo, porém: – Mas pode ser verdade também. E não é isto, mamãe. É que tenho medo que ela cometa alguma loucura. Está sozinha na mão das empregadas. É necessário que eu a veja.

– Paulo!

– É necessário – ele repetiu, quase gritando: mas queria convencer mais a si mesmo do que a ela.

– Paulo, você prometeu.

– Prometi; e justo por isso venho lhe avisar. Repito à senhora que é necessário que eu vá: a minha consciência me impõe isso.

– Diga-me uma coisa, Paulo. Está certo de ter visto a empregada? A tentação faz brincadeiras maldosas. O demônio se traveste em muitas formas.

Ele não estava entendo bem.

– A senhora acha que estou mentindo? Eu vi a empregada.

– Escute, eu também, ontem à noite, vi o antigo pároco. Inclusive agora há pouco, acho que ouvi os passos dele. Ontem à noite, – continuou sussurrando – ele se sentou ao meu lado, em frente à lareira. Digo-lhe que o vi de verdade. Estava com a barba por fazer e uns poucos dentes pretos na boca, estragados de tanto fumar. E as meias furadas. E me disse: «Estou vivo e estou aqui; e logo expulsarei você e o seu filho da casa paroquial». E me disse que eu tinha que fazer você aprender o ofício do seu pai se eu quisesse que você não caísse em pecado. Ele me deixou com a alma perturbada, Paulo, tanto que eu não sei se é bom ou mau o que eu fiz. Mas tenho certeza de que era o demônio que se sentou ao meu lado ontem à noite, o espírito do mal. A empregada que você viu pode ser uma outra forma de tentação.

Ele sorria no escuro. Mas via ainda a figura fantástica da empregada correr pelo gramado e, contra a sua vontade, sentia uma leve sensação de terror.

– Se você for lá, – continuou a voz da mãe – tem certeza de que não terá uma recaída? Mesmo que, de fato, você tenha visto a empregada e aquela mulher esteja mal de verdade, você tem certeza de que não terá uma recaída?

Mas logo se calou. Parecia que o estava vendo, pálido na escuridão, e tinha piedade dele. Por que lhe proibia de voltar à casa da mulher? E se ela estivesse realmente morrendo de paixão? Se ele próprio estivesse morrendo de paixão? E sentia a mesma ansiosa incerteza que ele tinha sentido pelo destino de Antioco.

– Meu Deus – suspirou: e lembrou-se de já ter entregue o caso a Deus. Só Ele pode resolver os nossos problemas. O seu coração bateu aliviado, como se ela mesma tivesse resolvido o seu problema. E não o estava resolvendo, de fato, confiando-o a Deus?

Voltou a se jogar na cama, mas sem se deitar: e o tom da sua voz ficou de novo igual ao do filho.

– Se a consciência lhe impunha ir, por que não foi logo, sem vir aqui?

– Porque eu tinha prometido. E a senhora tinha ameaçado ir embora se eu voltasse àquela casa. Eu tinha jurado... – disse ele com tristeza.

E estava para gritar: – Mãe, force-me a manter o juramento. Mas não podia. Além disso, ela lhe disse: – Então, vá. Faça aquilo que a sua consciência lhe impõe.

– Não se inquiete – ele disse, então, aproximando-se bem da cama: e ficou por alguns instantes imóvel; e tudo ficou de novo em silêncio.

Tinha a impressão confusa de estar diante de um altar, com a mãe lá em cima, ídolo misterioso; e recordava quando era rapaz, no Seminário, que o forçavam, depois da confissão, a beijar a mão dela. A mesma repugnância e a mesma euforia de antes o animavam; sentia que se estivesse sozinho, sem ela, já teria voltado para Agnese, cansado de todo aquele processo de fuga e de luta; a mãe o freava, e ele não sabia se era grato a ela por aquilo ou não.

– Não se inquiete! – Mas, ao mesmo tempo, desejava e temia que ela falasse mais, ou acendesse a lamparina para vê-lo bem nos olhos, ler tudo o que estava pensando e lhe proibisse de ir lá.

Ela ficou parada, silenciosa; então a palha rangeu de novo: ela tinha se deitado.

E ele saiu.

Pensava que, depois de tudo, não era mau: ia, não inconscientemente, não levado pela paixão, mas porque na sua consciência sentia que tivesse talvez um perigo para enfrentar e a responsabilidade deste perigo era sua.

Via por entre o preto prateado da grama do prado o fantasma da empregada que se virava para vê-lo com os olhos iluminados e lhe dizia: «A minha pequena patroa terá mais ânimo, se o senhor vier».

E toda a sua empreitada de fuga parecia ridícula e vil; o seu dever era aquele, ir à sua casa, levar-lhe ânimo: sentia-se leve, quase feliz, atravessando o gramado fresco, prateado pela lua; sentia-se como uma grande mariposa atraída por um lampião. E alternava esta sua alegria de rever em poucos instantes Agnese com a alegria do dever de ir salvá-la.

Toda a doçura da grama do prado, toda a ternura do luar banhavam-lhe a alma, alvejavam-na, cobriam-na de orvalho através das suas negras vestes de morte.

Agnese, pequena patroa! Sim, era pequena, fraca como uma criança; era sozinha, sem pai, sem mãe, no labirinto de pedras daquela sua casa escura.

E ele tinha se aproveitado dela, ele a tinha pego com a sua mão fechada como um passarinho do ninho, apertado até espremer o sangue vivo do seu corpo.

Acelerou o passo. Não, não era mau; mas tropeçou no primeiro dos degraus da porta e teve a impressão de que a própria pedra do batente o repelia: então subiu; subiu bem devagar, puxou a aldrava fria, e deixou-a cair timidamente.

E sentiu-se quase humilhado porque estavam demorando para abrir; mas por nada nesse mundo bateria uma segunda vez.

Finalmente o vitral sobre a porta iluminou-se e a empregada negra veio abrir, fazendo-o entrar imediatamente na sala que ele bem conhecia. Tudo estava como nas outras noites, quando Agnese o deixava entrar furtivamente pelo pomar, cuja porta ficava entreaberta e pelo fio da abertura entrava o perfume dos arbustos banhados de luar.

As cabeças empalhadas dos cervos e dos gamos, nas paredes iluminadas pela luz fixa do lampião, pareciam debruçadas a espiar, com os seus olhos negros transparentes de vidro, o que acontecia na sala: diferentemente dos outros dias, a porta que dava para os cômodos internos estava escancarada; a empregada tinha ido lá dentro, e se ouvia o chão de madeira estalar com o seu passo: então fez-se silêncio; e de repente uma porta bateu violentamente, como que empurrada pelo ímpeto do vento: com o impacto, o chão ondulou, toda a casa pareceu tremer; e ele sentiu uma sensação de angústia ao ver logo depois o rosto pálido de Agnese coberto de mechas de cabelo preto despenteado, emergir da sombra dos cômodos escuros como o de uma náufraga.

Mas logo toda a sua pequena pessoa negra estava na luz da sala e ele respirou aliviado.

Ela fechou a porta atrás de si e se apoiou com as costas, com a cabeça baixa; e parecia que ia escorregar no chão e cair.

Ele foi até ela, na ponta dos pés: esticou as mãos, mas não ousou tocá-la.

– Como você está? – perguntou em voz baixa, como nos encontros anteriores. – Agnese, – continuou depois de um momento de angustiante silêncio, já que ela não respondia, mas tremia toda apoiando as mãos atrás na porta para se segurar, – é preciso que sejamos fortes.

Mas, como quando leu o Evangelho sobre a mocinha endemoniada, sentiu o som falso das suas palavras; abaixou os olhos enquanto ela levantava os seus, ainda perdidos, mas radiantes de desprezo e de alegria.

– Por que veio, então?

– Disseram-me que estava mal.

Ela endireitou-se, orgulhosa, levantou com as mãos o véu de cabelo do rosto.

– Eu estou bem e não mandei ninguém chamar o senhor.

– Eu sei. E eu vim assim mesmo: não havia razão para não vir. E estou contente que a sua empregada tenha exagerado e que a senhora esteja bem.

– Não, – ela insistia, enquanto ele falava, – eu não mandei chamar o senhor e o senhor não devia ter vindo. Mas já que está aqui... já que está aqui, quero lhe perguntar por que o senhor agiu daquela maneira. Por quê? Por quê?

Gemidos estridentes tiravam-lhe a fala: voltou a se encolher, com as mãos que buscavam um apoio; e ele ficou com medo, arrependeu-se de ter ido. Pegou-a pela mão e conduziu-a ao sofá onde ficavam nas outras noites: sentou-a no canto onde o peso das outras mulheres da sua família havia cavado uma espécie de nicho; e sentou-se ao seu lado, mas soltou a sua mão.

Tinha medo de tocá-la: parecia-lhe uma estátua que ele tinha quebrado e remendado e estava ali aparentemente ainda intacta, mas pronta para cair aos pedaços ao mínimo toque. Por isso, tinha medo de tocá-la; pensava: "Melhor assim, estou salvo", mas, no fundo, sentia que a qualquer momento ainda podia se perder e era justo por isso que tinha medo de tocá-la.

Olhando bem para ela, sob a luz direta do lampião, ele a via bem diferente do habitual: a boca tinha se deformado e a pele dos lábios, de um rosa acinzentado, recordava as pétalas murchas das rosas; o formato oval do rosto tinha se alongado, as maçás do rosto sobressaíam sob as olheiras escuras. Em um único dia, a dor a tinha envelhecido vinte anos; mas ainda havia um quê de pueril na expressão da boca trêmula sobre os dentes cerrados segurando o choro, e nas pequenas mãos das quais uma, abandonada dolorida sobre o tecido escuro do sofá, atraía a dele. E ele sentia raiva por não poder pegá-la de novo, a pequena mão triste, e nem poder reatar de uma vez a corrente quebrada das suas vidas.

Recordava as palavras do endemoniado a Cristo: «O que queres comigo?».

E recomeçou a falar apertando as mãos uma na outra para impedi-las de pegar na dela; mas continuava ouvindo o som falso das suas palavras e, como naquela manhã na igreja ao ler o Evangelho e ao levar o Viático ao velho caçador, sabia que estava mentindo.

– Agnese, escute-me. Ontem à noite, estávamos à beira do precipício: Deus nos havia abandonado a nós mesmos, e nós estávamos indo direto para o abismo. Mas agora Deus nos retomou pelas mãos e está nos guiando. É preciso que fiquemos no Alto, Agnese. Agnese, – repetiu pronunciando com intensidade aquele nome – você acha que eu não estou sofrendo? Parece que eu fui sepultado vivo, e que o meu suplício vai durar toda a eternidade: mas é necessário que seja assim; para o seu bem, para a sua salvação. Escute-me, Agnese; seja forte. Pelo mesmo amor que nos uniu, pelo mesmo bem que Deus nos faz ao colocar-nos à prova. Você vai me esquecer, você ficará curada, você é tão jovem; a vida ainda está intacta diante de ti; você pensará, ao se recordar de mim, que teve um pesadelo; que se perdeu no vale e encontrou um ser malvado que tentava fazer-lhe mal: mas Deus lhe salvou, porque você merecia ser salva. Tudo lhe parece obscuro agora, mas daqui a pouco verá: tudo voltará a ficar claro e sentirá o quão bem lhe faço agora, causando-lhe um pouco de dor momentânea, como se faz com os doentes com os quais é preciso ser cruel...

Não continuou, vencido pela sensação de que seu corpo tinha gelado. Agnese recobrou o ânimo; endireitou-se no seu canto e o fixava com os olhos um pouco vidrados como os dos gamos nas paredes. E ele se lembrava dos olhos das mulheres na igreja quando ele fazia o sermão.

Agnese parecia esperar que ele continuasse e havia paciência e mansidão no seu comportamento, mas prontas a desaparecer ao mínimo toque; de fato, como ele não continuava, ela disse em voz baixa, balançando a cabeça em sinal de negação: – Não, não. A verdade não é esta.

E ele se esticou em direção a ela com olhar ansioso.

– Qual é, então, a verdade?

– Por que não falava assim ontem à noite? E nas outras noites? Por que a verdade era, até então, outra? Agora alguém a revelou, talvez a sua própria mãe, e você está com medo do mundo. Não é o temor de Deus que lhe motiva a me deixar.

Ele teve vontade de gritar, de bater nela. Agarrou a sua mão e torceu um pouco o seu fino pulso: do jeito que queria ter torcido e arrancado as palavras dela. Depois chegou para trás e levantou-se.

– Que seja! E isso não conta nada para você? Sim, minha mãe percebeu tudo, e falou comigo como se fosse a minha própria consciência. E você, você não tem consciência? Você acha justo que nós causemos mal para quem vive somente para nós? Você queria que nós fugíssemos, vivêssemos juntos e deveria ser exatamente assim, se não podíamos renunciar ao nosso amor; mas já que existem criaturas que sofreriam com a nossa fuga e com o nosso pecado, é necessário sacrificar-nos por eles.

Mas ela parecia somente escutar algumas palavras soltas dele; e continuava a fazer que não com a cabeça.

– Consciência? É claro que eu tenho: não sou mais uma criança; e a minha consciência me diz que fiz mal em escutá-lo, em recebê-lo aqui dentro. Mas agora como se faz? Agora é tarde demais. Por que Deus não o iluminou antes? Fui eu, por acaso, que fui à sua casa? Foi você quem veio na minha e brincou comigo como se eu fosse uma criança. E agora, o que devo fazer? Diga você, o que devo fazer. Eu não posso esquecê-lo, não sou capaz de mudar assim como você. Eu quero ir embora, de fato, mesmo que você não vá; quero tentar esquecê-lo. Quero sair daqui... ou...

– Ou?

Agnese não respondeu: encolheu-se no seu cantinho e estremeceu. Algo de tenebroso, a asa negra da loucura deve tê-la tocado, porque os seus olhos anuviaram-se e fez com a mão um gesto instintivo, como se espantasse uma sombra na sua frente: e ele voltou a se inclinar na direção dela quase debruçado sobre o sofá, e arrancou os fios do velho tecido com a impressão de arranhar um muro que surgia diante dele e o sufocava.

Não podia mais falar. Sim, ela tinha razão: a verdade não era aquela que ele procurava fazê-la entender, a verdade era aquele muro que o sufocava e que ele não sabia derrubar. Levantou-se com um salto, tomado por uma real sensação de sufocamento.

Desta vez, foi ela que agarrou a mão dele e apertou os seus dedos com as suas unhas.

– Deus, – sussurrou, enquanto com a outra mão cobria os olhos, – Deus, se existe, não devia permitir que nos encontrássemos se era para nos separarmos. E se você voltou esta noite é porque ainda me quer bem. Você acha que eu não sei? Eu sei, eu sei. A verdade é esta.

E levantou o rosto na direção dele, com a boca trêmula, os cílios entre os dedos, que piscavam cheios de lágrimas.

Ele viu um redemoinho em água profunda, que cegava e atraía, naquele rosto que não era mais o rosto de uma mulher, nem o de Agnese, mas o próprio rosto do amor: e desabou do seu lado e beijou-lhe a boca.

E de fato sentiu como se estivesse caindo lentamente, enroscado por um turbilhão em uma profundidade líquida luminosa, em um lugar submarino vertiginoso furta-cor.

Então veio à tona, deixando a boca de Agnese, e ficou como um náufrago na areia: exaurido, cheio de pavor e de alegria, embora mais pavor do que alegria.

E o encanto que lhe parecia ter sido quebrado para sempre, e justo por isto mais bonito, recomeçou.

Ouviu de novo o sopro da sua voz.

– Sabe de uma coisa? Eu sabia que você retornaria...

Não queria ouvir mais nada, como na casa de Antioco, quando a empregada foi falar: pôs-lhe uma mão sobre a boca, enquanto ela apoiava a cabeça em seu ombro, e então acariciou-lhe de leve os cabelos, dourados pelo reflexo do lampião; tão pequena, tão abandonada sobre ele, ela tinha, porém, a terrível potência de arrastá-lo para o fundo do mar, de levantá-lo sobre o abismo do céu, de fazer dele um ser sem vontade. Enquanto ele fugia pelo vale e pelo planalto, ela, fechada na sua prisão, esperava-o e sabia que voltaria.

– Você bem sabe...

Ela tentava falar mais; o sopro da sua boca corria ao redor do pescoço dele como um laço. Ele colocou de novo a mão sobre a sua boca e ela, com a sua, apertou-a forte. Ficaram assim, em silêncio, à espera: então ele se recompôs, tentou voltar a ser dono do seu destino. Sim, tinha voltado, mas não como ela esperava. E continuava a olhar para os seus cabelos dourados, mas como algo distante, como o tremor iluminado do mar do qual tinha escapado.

– Agora você está satisfeita, – sussurrou – estou aqui, voltei e sou seu para sempre. Mas você precisa ficar calma; você me assustou muito. Não precisa ficar agitada, não deve, por nada, interromper o curso da sua vida. Eu não lhe causarei mais nenhuma dor, mas você deve me prometer que vai ficar calma, bem, igual agora.

Sentiu as mãos dela tremerem, agitarem-se entre as suas: entendeu que ela já estava começando a se rebelar; apertou-as bem; queria poder manter a alma assim, firme e prisioneira.

– Muito bem, Agnese! Escute-me: você nunca saberá o que eu sofri hoje; mas era necessário. Tirei de cima de mim muita casca impura, eu me esfolei até sangrar; agora estou aqui, seu, sim, como Deus quer que eu seja seu, com toda a alma.

– Veja, – continuou lentamente, com dificuldade, como que desenterrando as palavras do seu mais profundo interior, e oferecendo-as a ela, – tenho a impressão de que nos amamos há anos e anos; que aproveitamos e sofremos tudo um pelo outro, até o ódio, até a morte. E todas as tempestades do mar, toda a sua implacável vida está dentro de nós. Nós nos debatemos e nos debatemos e estamos sempre dentro de nós. Agnese, minha alma, o que você quer de mim além daquilo que posso lhe dar: a minha alma?

De repente, calou-se. Percebeu que ela não estava entendendo. Não conseguia entender. E a via sempre mais afastada dele, como a vida da morte: mas, justo por isto, sentia que ainda a amava, ou melhor, cada vez mais, como quem está morrendo ama a vida.

Devagar ela levantou a cabeça e novamente procurou com olhos hostis os dele.

– Você também vai me escutar, – disse – não me engane mais. Vamos ou não vamos embora, como ontem à noite tinha sido combinado? Assim não se pode viver, aqui, deste modo. Eu sei.

– Eu sei! – continuou, irritando-se, depois de um momento de penoso silêncio.

– Se é para vivermos juntos, vamos partir logo, ainda esta noite. Tenho dinheiro, você sabe: tenho, é meu. E a sua mãe, os meus irmãos... todos vão nos perdoar depois, quando virem que nós decidimos viver na verdade. Assim não, com certeza, assim não se pode mais viver.

– Agnese!

– Responda-me logo; esqueça as outras palavras.

– Eu não posso fugir com você.

– Ah, e então por que voltou? Deixe-me, vá embora. Deixe-me!

Ele não a deixava. Sentia que estava bem agitada; tinha medo dela; e quando a viu debruçar-se sobre as suas mãos juntas, teve a impressão de que ela queria mordê-lo.

– Vá embora, saia daqui, – ela insistia – não fui eu quem mandou lhe chamar. Já que precisamos ser fortes, por que voltou? Por que ainda me beijou? Ah, se você acha que pode ficar brincando comigo, está enganado; se você acha que pode vir aqui à noite, e de dia me escrever cartas humilhantes, você está enganado. Como voltou hoje à noite, voltará amanhã à noite e então a cada noite. E vai acabar me enlouquecendo. Mas eu não quero, não, não quero!

– Precisamos ser puros e fortes, você diz, – continuou, enquanto o seu rosto envelhecido e trágico empalidecia mortalmente, – mas está dizendo isso só agora. Você me dá medo. Vá para longe daqui, saia, ainda esta noite. Que amanhã eu acorde e não tenha mais o horror de lhe esperar e de ser humilhada assim.

– Deus, Deus! – ele sussurrou, debruçando-se sobre ela. Mas ela o afastava dessa vez.

– Você acha que está falando com uma criança? Sou velha; você me fez envelhecer, em poucas horas. O curso da vida! Ah, o curso da vida seria continuar nosso caso assim, escondidos, é isso? Seria eu encontrar um marido; você celebrar o meu casamento... e continuarmos a nos ver, e enganar a todos pelo resto da vida? Vá embora, vá, você não me conhece, se pensa assim. Você ontem à noite dizia: «Sim, vamos embora; eu vou trabalhar, seremos marido e mulher». Você disse isso? Não disse? E esta noite, ao contrário, vem me falar de Deus e de sacrifício. E então que se acabe. Vamos nos separar; mas você, eu repito, deve ir embora da vila ainda esta noite. Eu não quero mais vê-lo. Se você amanhã de manhã ainda celebrar a missa na nossa igreja, eu vou lá, e do altar digo ao povo: este é o santo de vocês, que de dia opera milagres e à noite vai na casa das moças solitárias para seduzi-las.

Ele tentou de novo fechar a sua boca com a mão: e como ela continuava a repetir em voz alta «vá embora, vá embora», agarrou a sua cabeça, apertou-a em seu peito, olhou apavorado para as portas fechadas. Lembrava-se das palavras da sua mãe, a voz que ressoava misteriosa na escuridão: «O antigo pároco sentou-se ao meu lado e disse: "Expulsarei logo você e o seu filho da casa paroquial".».

– Agnese, Agnese, você está delirando – sussurrou-lhe ao pescoço, enquanto ela se contorcia para se desvencilhar dele. – Fique calma, escute-me; nada está perdido. Não percebe como eu amo você? Mil vezes mais que antes. E não vou embora, não. Quero estar junto a você para salvá-la: para lhe oferecer a minha alma como a oferecerei a Deus na hora da morte. O que você sabe sobre o que sofri de ontem à noite até agora? Fugiria e a levaria comigo: fugiria como alguém que tem fogo nas costas e correndo acha que vai se livrar, porém a chama o envolve mais ainda. Onde eu estive hoje? O que eu fiz hoje para não voltar aqui? Porém, eis-me aqui; estou aqui, Agnese, como posso não estar aqui? Está me ouvindo? Eu não a traio, não a esqueço; não quero esquecer você. Mas precisamos ficar puros, Agnese; precisamos conservar pela eternidade o nosso amor, confundi-lo com as melhores coisas da vida, com a dor, com a renúncia, com a própria morte, isto é, com Deus. Você percebe estas coisas, Agnese? É claro que as percebe: diga-me que sim.

Ela o afastava: parecia querer afundar-lhe o peito com a cabeça; até que conseguiu se soltar e voltou a se erguer, rígida, com belos cabelos de cetim trançados como fitas ao redor do rosto duro.

A boca fechada, as pálpebras abaixadas, parecia que tinha adormecido de repente em um sono austero e permeado de um sonho de vingança. E ele teve mais medo daquele silêncio e daquela imobilidade do que das palavras insensatas e dos movimentos convulsivos dela.

Pegou suas mãos novamente, apertou-as entre as suas: mas as quatro mãos já estavam mortas para a alegria, para o aperto do amor.

— Agnese, está vendo como você me entende? Você é boa; agora vai descansar e amanhã recomeçará para todos uma vida nova. Vamos nos ver do mesmo jeito, sempre que você quiser: serei o seu amigo, o seu irmão, um ajudará o outro. A minha vida é sua: disponha de mim como quiser. Até a hora da morte estarei com você, e depois também, pela eternidade.

Aquele tom de sermão irritou-a de novo. Torceu um pouco as suas mãos dentro das dele, moveu os lábios para falar, então, como ele a deixava livre, recolheu a sua mão sobre o ventre, reclinou a cabeça: e tudo foi dor, mas dessa vez uma dor forte, desesperada, no rosto dela.

Ele não parava de olhar para ela como se olha para um moribundo, e o seu medo crescia: deslizou aos seus pés, colocou a sua testa em seu ventre, beijou as suas mãos; não lhe importava mais que pudessem vê-lo, que pudessem ouvi-lo: estava ali, aos pés da mulher e da sua dor, como Jesus deposto no ventre de sua mãe.

Achava que nunca tinha se sentido tão puro, tão morto à vida terrena; porém tinha medo.

Agnese permanecia imóvel com as mãos frias, insensível àqueles beijos de morte: ele levantou-se e recomeçou a mentir.

— Agradeço a você, Agnese. Assim está bem, assim estou satisfeito. A prova foi superada. Agora tenha ânimo, fique tranquila. Agora vou embora. Amanhã de manhã – continuou em voz baixa, inclinando-se tímido – você vai à missa e ofereceremos juntos o sacrifício a Deus.

Ela reabriu os olhos, olhou para ele, fechou-os de novo: parecia que estava ferida de morte e que os seus olhos se abririam uma última vez, suplicantes e ameaçadores, antes de se fecharem para sempre.

– Você esta noite irá embora para longe, para que eu não o veja mais – disse separando as sílabas; e ele pensou que, ao menos naquele instante, era inútil combater aquela força cega.

– Eu não posso ir embora assim – sussurrou. – Amanhã de manhã celebrarei a missa e você vai participar. Depois, se for necessário, irei embora.

– Eu vou amanhã de manhã e vou denunciar você para o povo.

– Se você fizer isto é sinal de que Deus quer assim. Mas você não vai fazer isto, Agnese. Você pode me odiar, mas eu vou lhe deixar em paz. Adeus.

Mas não ia embora. Rígido, olhava para ela do alto; e os cabelos dela, suaves, brilhantes mesmo na sombra, os doces cabelos que ele amava e que tantas vezes tinha atraído as palmas das suas mãos, faziam-no sentir piedade: pareciam a atadura preta com a qual se enfaixam as feridas na cabeça.

Chamou-a uma última vez: – Agnese?

– É possível que nos deixemos assim? – continuou. – Dê-me a mão, levante-se: abra a porta para mim.

Ela levantou-se e pareceu obedecer; mas não lhe deu a mão e foi direto em direção à porta de onde tinha vindo.

Ali parou, esperando.

"O que posso fazer?" ele perguntou a si mesmo. E sabia bem que só havia um meio para acalmá-la: cair de novo aos seus pés, pecar e se perder com ela.

E ele não queria, não queria mais. Ficou parado no seu lugar e abaixou os olhos, para fugir do olhar dela. Quando voltou a levantá-los, ela não estava mais ali: tinha desaparecido, engolida pela escuridão da sua casa silenciosa.

Do alto das paredes, os olhos de vidro dos cervos e dos gamos olhavam-no com tristeza, mas também com deboche. E naquele momento de espera, sozinho na grande sala melancólica, ele sentiu toda a sua miséria e a sua humilhação: sentia-se como um ladrão, pior que um ladrão, um hóspede que rouba aproveitando-se da solidão da casa amiga.

E abaixou de novo os olhos para fugir também do olhar das cabeças na parede; mas não hesitou um momento, e mesmo se o grito de morte da mulher tivesse enchido de horror o silêncio da casa, ele não teria se arrependido de tê-la recusado.

Esperou ainda alguns minutos. Ninguém aparecia. Sentia-se no meio do mundo morto dos seus sonhos e dos seus erros, à espera de alguém que o ajudasse a sair. Ninguém aparecia. Então foi até a porta do pomar, atravessou a trilha ao longo do muro, sob a sombra negra das figueiras, e saiu por aquela portinha que conhecia bem.

Estava ele de novo subindo a escadinha escura; mas o perigo tinha sido superado ou, pelo menos, o medo do perigo.

Ainda assim parou diante da porta da mãe pensando que seria bom contar logo para ela o êxito da conversa e a ameaça de Agnese: mas ouviu o seu ronco ofegante e passou direto. A mãe dormia porque estava segura sobre ele e o considerava salvo.

Salvo! Olhou-se ao redor, no seu quarto, como se tivesse voltado de fato de uma viagem desastrosa: tudo estava arrumado e quieto, e ele começou a tirar a roupa movendo-se na ponta dos pés, decidido a não quebrar mais aquela ordem, aquele silêncio.

Suas vestes pendem do cabideiro, mais negras que a sua sombra na parede; o chapéu sobre um pescoço fino de madeira torto para frente, e as mangas da túnica larga que se abandonam caídas de cansaço.

E aquele fantasma escuro e vazio, como se um vampiro tivesse tirado a carne e o sangue, causava-lhe um pouco de medo; parecia-lhe a sombra do terror do qual tinha se libertado, mas que o esperava para acompanhá-lo de novo no dia seguinte pelas estradas do mundo.

Um instante; e percebeu apavorado que estava entrando de novo no pesadelo. Não estava salvo ainda: era preciso atravessar um outra noite, como um último trecho de mar tempestuoso.

Estava cansado, as pálpebras se fechavam pesadas, mas uma angústia indefinida impedia-o de jogar-se na cama, e até mesmo de se sentar, de descansar de alguma forma.

E continuava a andar de um lado para o outro, gastando tempo com pequenas coisas aleatórias, abrindo bem devagar as gavetas para olhar o que tinha dentro.

Passando em frente ao espelho se olhou, viu-se com o rosto acinzentado, com os lábios arroxeados e os olhos fundos. – Olhe bem para você, Paulo – disse para a sua imagem e afastou-se um pouco para que a luz da lamparina batesse melhor no espelho. A figura do espelho também se afastava, parecia querer fugir dele, e ele a olhava fixo, via as pupilas dilatadas e tinha uma sensação estranha; parecia que o Paulo verdadeiro era aquele, um Paulo que não mentia, que revelava na palidez do seu rosto todo o seu medo do dia seguinte.

"Por que eu finjo para mim mesmo uma tranquilidade que não sinto? Preciso partir esta noite mesmo, como ela quer."

E foi, um pouco mais calmo, deitar na cama.

Então, com os olhos fechados, com o rosto afundado no travesseiro, acreditou poder ver melhor dentro da sua consciência.

"Sim, é preciso partir ainda esta noite. O próprio Cristo impõe que se evitem os escândalos. É melhor acordar a minha mãe, avisá-la, para talvez partirmos juntos: que ela me leve uma segunda vez consigo, como quando eu era criança, e que eu possa recomeçar uma nova vida."

Mas sentia que tudo aquilo era euforia; que não tinha coragem de fazer o que pensava.

E por que o faria? No fundo estava certo de que Agnese, por sua vez, não manteria a ameaça. Por que então ir embora? Nem mesmo o perigo de voltar à casa dela e de se perder com ela o ameaçava mais: já tinha superado a prova.

Mas a euforia o tomava de novo.

"Ainda assim deve ir embora, Paulo; acorda a sua mãe e partam juntos. Não percebe quem é que lhe está dizendo isto? Sou eu, sou Agnese. Você acha mesmo que eu não manterei a ameaça? Talvez eu não a mantenha, porém digo-lhe que vá embora do mesmo jeito. Você acha que está livre de mim? E eu estou dentro de você, sou a má semente da sua vida. Se você ficar aqui, não o abandonarei um instante; serei a sombra sob os seus pés, a parede entre você e a sua mãe, entre você e você mesmo. Vá embora."

E ele tentava acalmá-la, para acalmar a sua consciência.

"Vou, sim, não está vendo? Vou, vamos juntos, você dentro de mim, mais viva que eu: acalme-se, não me atormente mais; estamos juntos, viajamos juntos, transportados pelo tempo para a eternidade. Divididos e afastados estávamos quando os nossos olhos se olhavam e as nossas bocas se beijavam: divididos e inimigos. Somente agora começa a nossa verdadeira união, no seu ódio, na minha paciência, na minha renúncia."

Então o cansaço começou a vencê-lo. Ouvia um gemido contínuo, sufocado, fora da sua janela, como o de uma pomba à procura do seu companheiro. E aquele lamento de dor e de desejo parecia-lhe o mesmo gemido da noite; noite clara de lua, mas de uma claridade úmida, velada, com o céu cheio de pequenas nuvens esparsas como plumas. Então percebeu que era ele que estava gemendo; mas o sono já o acalmava: o medo, a dor, as lembranças, afastavam-se. Parecia-lhe estar de fato viajando a cavalo, subindo pelo caminho do planalto: tudo estava quieto, claro; através de grandes amieiros viam-se clareiras cobertas de grama de um verde tenro que relaxava a vista; as águias, paradas sobre as rochas, olhavam fixamente para o sol.

De repente, o guarda campestre apareceu diante dele; cumprimentou-o e colocou um livro aberto sobre o arco da sua sela.

E ele começou a ler a Epístola de São Paulo aos Coríntios, no ponto preciso onde tinha parado na noite anterior. «O Senhor conhece os pensamentos dos sábios e sabe que são vãos, etc.».

No domingo, a missa era mais tarde que os outros dias, mas ele chegava à igreja cedo, para confessar as mulheres que depois queriam tomar a comunhão.

A mãe, então, chamou-o na hora de sempre.

Ele estava dormindo há poucas horas, em um sono pesado, cego. Acordou sem se lembrar de nada, mas com um turvo desejo de voltar a dormir: as batidas na porta insistiam, e ele se lembrou.

Ficou logo de pé, rígido de medo.

"Agnese irá à igreja e me acusará ao povo."

Não sabia por que, mas, durante o sono, a certeza de que ela manteria a ameaça tinha se enraizado dentro dele.

Deixou-se cair na cadeira, com uma sensação de impotência, com os joelhos mortos. Uma névoa confusa velava-lhe a mente; pensava que ainda estava em tempo de evitar o escândalo: podia se fingir de doente e não celebrar a missa; e então ganhar tempo para tentar acalmar Agnese; mas só a ideia de recomeçar o drama, de entrar novamente na miséria do dia seguinte, aumentava a sua angústia.

Levantou-se e pareceu-lhe ter batido com a testa no céu, através dos vidros da janela.

Bateu os pés no chão para livrar-se do formigamento que parava o seu sangue; depois se vestiu, apertando forte o cordão na cintura e envolvendo-se bem nas suas vestes como tinha visto os caçadores prenderem a cartucheira e cobrirem-se bem com o sobretudo para subir a montanha.

Quando enfim abriu a janela e debruçou-se, pareceu-lhe estar reabrindo finalmente os olhos à luz do dia, depois do pesadelo noturno; ter finalmente saído da prisão de si mesmo e ficar em paz com as coisas externas; mas era uma paz forçada, cheia de rancor por trás; e bastou que ele saísse da janela, passando do ar fresco de fora para o ar quente e perfumado do seu quarto, para que a angústia o retomasse, jogando-o outra vez dentro de si mesmo.

Então fugiu de novo, pensando no que devia dizer à sua mãe.

Ouvia a sua voz um pouco rouca enxotando as galinhas que tentavam entrar na sala de jantar e o voo lento delas, e sentia cheiro do café quente e da grama fresca de fora.

Na viela sob a encosta, tremulava um tilintar de cabras indo pastar; e parecia um eco infantil do toque do sino, monótono e ainda assim alegre, com o qual Antioco, do alto da torre da igrejinha, convidava o povo a acordar e ir à missa.

Tudo estava tranquilo, suave, disperso em meio à luz rosada da aurora. Ele lembrou-se do seu sonho.

Nada o impedia de sair, de ir à igreja e recomeçar a sua vida. Mas eis que de novo estava com medo: medo de ir adiante, de voltar atrás; sentia-se, na pedra do batente da porta, como se estivesse no cume de uma montanha: mais acima não podia ir, mais abaixo abria-se o abismo. Momento indescritível durante o qual ele sentiu o seu coração ressoar dentro de si e teve a impressão física de estar realmente diante de um precipício, e lá no fundo havia, no redemoinho espumante de uma enxurrada, uma roda que girava assim, por nada, esforçando-se somente para macerar a água que prosseguia o seu curso.

Era o seu coração que rodava assim, inutilmente, no redemoinho da vida. Fechou a porta, voltou atrás e sentou-se na escadinha, como a mãe na noite anterior: renunciava a resolver o seu problema, mas esperava que alguém viesse ajudá-lo.

Foi a mãe que o encontrou assim: ao vê-la, levantou-se logo, já corado, mas também humilhado no fundo da sua consciência, pois já estava certo do seu conselho de prosseguir pelo caminho escolhido.

Porém, logo viu o seu rosto rude empalidecer, quase afinar-se na angústia.

– Paulo! Por que você estava aí assim? Está se sentindo mal?

– Mamãe, – ele disse, indo para a porta, sem se virar, – não queria acordá-la ontem à noite. Era tarde. De qualquer modo, estive lá. Estive lá.

A mãe o olhava, já com o rosto recomposto. No silêncio breve que seguiu as palavras ouviu-se o sino tocar mais rápido e insistente, como se estivesse em cima da casa.

– Ela está bem; só está agitada e exige que eu deixe imediatamente a vila; caso contrário ameaça ir à igreja e fazer um escândalo me denunciando ao povo.

A mãe estava calada, mas ele a sentia atrás dele, firme e dura, sustentando-o e animando-o, como nos primeiros passos.

– Queria que eu partisse esta noite ainda... e... disse que, se eu não o fizesse, viria hoje de manhã à igreja... Eu não tenho medo dela; na verdade, acredito que não virá.

Abriu a porta: uma facho de luz prateada surgiu na entrada cinzenta, parecia pescá-los, ele e a mãe, puxando-os para a luz de fora.

Ele caminhou em direção à igreja sem se virar; a mãe ficou em frente à porta vendo-o se afastar.

Não tinha movido os lábios, mas um tremido leve tentava novamente lhe descompor o queixo. De repente, ela subiu para o seu quartinho e vestiu-se depressa para ir para igreja também: e ela também apertou o cinto e caminhou decidida; antes de sair, não se esqueceu de enxotar as galinhas, de tirar o bule de café do fogo, de fechar as portas; enfim cobriu bem o queixo e a boca com a ponta do cachecol, porque a tremedeira, por mais esforço que fizesse para freá-la, ainda continuava.

Então cumprimentou com os olhos as mulheres que subiam do vilarejo e os velhos ali parados em frente ao parapeito do pátio com as pontas dos capuzes pretos apontadas para o céu rosa do horizonte.

Ele, nesse momento, já tinha entrado na igreja.

Algumas fiéis já estavam esperando, agrupadas em torno ao confessionário; a que tinha chegado primeiro estava lá ajoelhada enquanto as outras esperavam a vez delas.

Até alguns meninos que acordavam cedo já estavam em volta de Nina Masia, ajoelhada no chão ao lado da pia de água benta que ela parecia segurar com a sua cabecinha diabólica: e o padre esbarrou neles, com o seu andar distraído, irritando-se logo ao reconhecer a mocinha, que a mãe tinha colocado ali por conta própria para que todos a vissem. Pareceu-lhe encontrá-la sempre em seu caminho como um tropeço e uma reprovação.

– Levantem logo daí – disse com uma voz forte que ecoou em toda a igrejinha: e logo a guirlanda dos meninos se alargou, mudou de lugar, indo um pouco mais para o outro lado, sempre com Nina Masia no meio, mas dispostos em volta dela de modo que todos que estavam dentro da igreja pudessem vê-la.

Todas as mulheres viravam as suas cabeças grandes para ela sem parar de rezar; e parecia que era ela o ídolo da pequena igreja bárbara inundada pelo odor selvagem dos habitantes e pela bruma rósea da manhã campestre.

Ele foi direto; mas a sua angústia aumentava. Passou com a veste no banco onde Agnese costumava se ajoelhar: um antigo banco de família com o genuflexório entalhado; mediu com os olhos e depois com os passos a distância até o altar.

"Quando eu a vir se levantar para executar o seu plano funesto, terei tempo de me retirar para a sacristia."

E quando entrou na sacristia arrepiou-se todo. Antioco tinha descido correndo do campanário para ajudá-lo a se vestir e esperava-o com o armário aberto, com a expressão séria, mais pálido que o normal, quase trágico: parecia já ter entendido tudo da sua futura missão, a qual lhe tinha sido dita na noite anterior; mas o seu semblante tremia no rosto fresco do vento do campanário, e sob as pálpebras abaixadas os olhos brilhavam de alegria, e sob os lábios fechados os dentes se serravam para segurar o riso. O seu coração batia, com toda a luz dentro, o vozerio, a alegria daquela manhã de festa. De repente, porém, enquanto arrumava no pulso do padre a renda da túnica, levantou os olhos que tinham ficado escuros: tinha percebido que a mão sob a renda tremia; e até o rosto venerado estava pálido e desfigurado.

– Está se sentindo mal?

O padre estava se sentindo mal, sim, embora fizesse com a cabeça que não: um pouco de saliva salgada enchia-lhe a boca e parecia sangue, mas no fundo do seu mal-estar germinava uma esperança.

"Vou cair morto; o meu coração vai explodir, mas, pelo menos, tudo terá se acabado."

Desceu de novo para confessar as mulheres e viu a sua mãe no fundo da nave, ao lado da porta.

Imóvel e dura, firme sobre os joelhos, parecia vigiar a entrada e toda a igreja, pronta para sustentar até um desabamento, caso isso acontecesse.

Mas ele não retomava mais a cor; por dentro, aquele germinar de esperança de morte crescia, crescia, apertando-lhe as vísceras e sufocando-lhe o coração.

Quando foi para o confessionário acalmou-se um pouco; parecia-lhe já estar dentro do sepulcro, mas, pelo menos, estava escondido e podia ver o seu pânico; e o vozerio leve das mulheres atrás da treliça, levado pelos seus suspiros e pelos seus hálitos quentes, parecia-lhe o som das ervas da encosta balançando quando passava algum lagarto; e Agnese estava de novo ali, fechada naquele esconderijo onde tantas vezes a tinha levado consigo em pensamento; o hálito das mulheres jovens, o aroma de seus cabelos e dos seus vestidos de festa perfumados de alfazema atravessavam a sua angústia e aumentavam a sua paixão.

E absolvia todas de todos os seus pecados pensando que, em poucos instantes, ele também talvez precisasse da misericórdia delas.

Então foi tomado pela ânsia de sair, de ver se Agnese havia chegado. O banco estava vazio.

Talvez ela nem aparecesse. Às vezes, porém, ela ficava no fundo da igreja, sentada em uma cadeira que a empregada levava para ela. Virou-se, viu só a figura firme da mãe que, ajoelhando-se para começar a missa, parecia que até a sua alma se curvasse diante de Deus, vestida com a sua dor, assim como ele estava vestido de túnica e estola.

Então decidiu não olhar mais para trás, fechar os olhos cada vez que devia virar-se para abençoar. Tinha a impressão de caminhar, caminhar, na ladeira, subindo por um calvário íngreme; e uma leve contração nervosa torcia-lhe a nuca cada vez que devia virar-se para o povo: então fechava os olhos, sim, como se tentasse não ver o abismo aos seus pés; mas através das pálpebras trêmulas o banco entalhado aparecia-lhe obstinadamente, com a figura negra de Agnese, negra com o cinza da igreja ao fundo.

E Agnese realmente estava ali, vestida de preto, com um véu negro sobre o seu rosto de marfim: a fivela dourada do seu livro de orações brilhava entre os dedos negros das suas mãos enluvadas; e ela parecia ler, mas não virava nunca a página. A empregada estava ajoelhada ao seu lado, no chão, com a sua cabeça de escrava encostada no banco: às vezes levantava os olhos de cão fiel em direção ao rosto da dona, quase como se soubesse o seu triste pensamento e a vigiasse.

E ele via tudo de cima do altar; e não tinha mais esperança, embora, no fundo, o seu coração lhe dissesse que não era possível que Agnese mantivesse a sua louca ameaça.

Quando virou as páginas do Evangelho, um soluço nervoso interrompeu-lhe as palavras na boca, e de novo sentiu-se todo molhado de suor; teve que apoiar a mão no livro porque achou que fosse desmaiar.

Depois de um momento se recompôs.

Antioco olhava para ele, percebendo a piora naquele rosto que se decompunha como o de um cadáver; e estava bem perto dele, pronto para segurá-lo, virando a cada instante os olhos para os velhinhos cujas barbas se esticavam além da balaustrada, para observar se algum deles estava percebendo o mal-estar do padre.

Ninguém tinha percebido. A própria mãe, imóvel no seu lugar, rezava e esperava, sem vê-lo passar mal.

E Antioco aproximava-se dele cada vez mais preocupado, tanto que ele percebeu e olhou assustado. O rapaz respondeu com os seus olhos vívidos, com um movimento rápido das pálpebras, como se dissesse: "Estou aqui, siga adiante".

E ele ia adiante, subindo a ladeira do seu calvário: um pouco de sangue voltava-lhe ao coração, os nervos estavam se acalmando, mas era tudo um desesperado abandono ao perigo, o desistir do náufrago que não tem mais força de lutar contra as ondas.

Quando se virou para os fiéis, não fechou mais os olhos.

– O Senhor esteja convosco.

Agnese estava lá, no lugar de sempre, inclinada lendo a página que não virava nunca: a fivela dourada do seu livro brilhava na penumbra. A empregada estava ali acomodada sobre os pés, assim como todas as outras mulheres, inclusive a mãe lá no fundo, estavam sentadas sobre seus calcanhares, mas levemente, prontas para ficarem de novo de joelhos, assim que o sacerdote movesse o livro.

Então ele moveu o livro, continuou as suas orações e os seus gestos lentos: e quase uma sensação de ternura o vencia, no seu desespero, pensando que Agnese o acompanhava ao seu calvário como Maria a Jesus; que subiria em poucos instantes ao altar, que se encontrariam mais uma vez no auge do erro, para juntos expiarem já que tinham pecado juntos.

Como podia odiá-la se ela levava consigo o seu castigo, se o ódio por ela era ainda amor?

Comungou, e o leve gole de vinho foi exatamente para dentro do seu peito como um fio de sangue: então sentiu-se forte, reanimado, com o coração cheio da presença de Deus.

E enquanto descia em direção às mulheres, viu, emergindo de uma onda de cabeças baixas, a figura de Agnese, imóvel em seu banco. Ela também tinha inclinado a cabeça sobre as mãos e talvez buscasse coragem antes de agir; e ele sentiu de repente uma infinita piedade: queria poder descer até ela, absolvê-la, oferecer-lhe a comunhão como a um agonizante. Ele também tinha recobrado a coragem; mas os seus dedos tremiam ao aproximar a hóstia da boca das mulheres.

Assim que acabou a comunhão, um velho do lugarejo entoou um cântico religioso. Os fiéis acompanhavam a meia voz os versos e com voz forte repetiam duas vezes a antífona.

Era um canto primitivo e monótono, antigo como as primeiras orações dos homens nas florestas pouco habitadas; antigo e monótono como o bater das ondas em um litoral solitário; mas bastou aquele vozerio ao redor de seu banco negro para Agnese, de repente, ter a impressão de ter saído de frente para o mar, com dunas douradas pelo amanhecer, floridas de lírios selvagens, depois de uma ofegante corrida noturna por uma floresta primitiva.

Alguma coisa subia-lhe do mais profundo do seu ser; as suas entranhas vinham até a garganta: e tudo estava invertido ao seu redor, como se ela tivesse desde sempre caminhado ao contrário, de cabeça para baixo, e agora estivesse voltando para a sua posição natural.

Era todo o seu passado e o da sua raça que lhe retornavam e retomavam, com aquele canto de velhos e de mulheres, com a voz da sua babá, dos seus empregados, dos homens e das mulheres que tinham fabricado e decorado a sua casa e cultivado as suas hortas e tecido o pano das suas primeiras vestes.

Como podia se acusar diante daquele povo que a considerava ainda sua senhora, mais pura ainda do que o padre sobre o altar?

Então ela também sentiu a presença de Deus ao redor e dentro de si, na sua própria paixão.

Sabia bem que o castigo que queria infligir ao homem com o qual havia pecado era castigo seu também, mas o Deus misericordioso falava-lhe agora com a voz grave dos velhos, das mulheres, dos meninos inocentes; e colocava-a na defensiva contra si mesma, aconselhava que ela se salvasse.

Todos os seus dias solitários estavam passando diante dela, com os versos cantados pelo seu povo; via-se menina, depois mocinha, depois mulher, naquela mesma igreja, naquele mesmo banco negro consumido pelos joelhos e pelos cotovelos dos seus antepassados; a própria igreja pertencia de certa forma à sua família: tinha sido construída por uma sua ancestral e a imagem de Nossa Senhora, segundo a lenda, tinha sido roubada por piratas do norte da África e trazida para a vila por um seu antepassado.

Ela tinha nascido e crescido entre essas lendas em uma atmosfera de grandeza que a separava da gente miúda de Aar, embora vivesse no meio deles, fechada naquele ambiente, como uma pérola dentro da concha bruta.

Como podia se acusar ao seu povo?

Mas exatamente esse seu sentimento de soberania sobre este lugar sagrado tornava mais insuportável a presença do homem que tinha sido seu par no pecado e agora se mostrava para ela do alto, mascarado de santidade, com os paramentos sagrados na mão; alto e luminoso sobre ela, curvada aos seus pés, culpada por tê-lo amado.

O seu coração estava inflando de novo, de ira e de angústia; e o canto do povo ao redor ressoava inquietante, como alguém suplicando de um abismo, pedindo-lhe salvação e justiça.

Deus agora lhe falava grave e sério, obrigando-a a expulsar do templo o seu servo impostor.

Ficou pálida, suando frio, parecia que ia morrer. Os seus joelhos estavam tremendo no banco; mas não inclinou a cabeça, ficou firme olhando os movimentos do padre no altar. E sentia como que um sopro maléfico sair de sua boca, ir direto até ele e atacá-lo, envolvendo-o no gelo que a envolvia também.

Ele sentia aquele sopro de morte.

Como nas duras manhãs de janeiro, tinha as pontas dos dedos congeladas; a tremedeira na nuca estava mais forte.

Quando se virou para a benção, viu Agnese olhando para ele. Os seus olhos se encontraram em um raio de luz e ele, como os afogados que vão ao fundo, recordou naquele instante toda a alegria da sua vida, única alegria, inteiramente vinda do amor dela, desde o primeiro olhar, desde o primeiro beijo seu.

Ele a viu se levantar com o seu livro na mão.

– Meu Deus, seja feita a vossa vontade – gemeu ajoelhando-se; e sentiu como se estivesse realmente no Horto das Oliveiras, na iminência do destino inevitável.

Rezava em voz alta e esperava; e por entre o vozerio das orações, parecia-lhe ouvir o passo de Agnese que se aproximava do altar.

"Lá vem ela... levantou-se do banco, está no espaço entre o banco e o altar. Lá vem ela... está caminhando; todos olham para ela. Está aqui atrás de mim."

A obsessão tomou-o tão forte que a sua voz ficou presa na garganta. Viu Antioco, que já começava a apagar as velas, virar-se de repente e olhar; e não teve mais dúvida. Ela estava ali, atrás dele, nos degraus do altar.

Levantou-se; pareceu-lhe tocar a abóbada com a cabeça e sentir-se esmagado; os joelhos dobravam de novo, mas com esforço conseguiu subir o degrau e ir em direção ao altar para pegar o cibório.

E virando-se para entrar na sacristia viu Agnese, que do seu banco tinha ido até a balaustrada e se apressava para subir os degraus.

– Deus, Senhor, por que não permitiu que eu morresse?

Ele inclinou a cabeça sobre o cibório e como se expusesse a nuca pálida ao golpe de um machado que estava para feri-lo.

Indo em direção à porta da sacristia viu, porém, Agnese que também se curvava, ajoelhando-se no degrau abaixo da balaustrada.

Ela tinha acertado com o pé o primeiro degrau sob a balaustrada, como se uma muralha tivesse se levantado de repente contra ela; ajoelhou-se. Não podia ir mais além. Um denso véu embaçava-lhe os olhos.

Somente depois de alguns momentos viu os degraus, o tapete amarelado aos pés do altar, o altar florido e o lampião aceso.

Mas o padre tinha desaparecido: no seu lugar, um raio oblíquo de sol atravessava o ar e formava uma mancha dourada no tapete.

Ela fez o sinal da cruz, levantou-se e foi em direção à porta. A empregada a seguia; os velhos, as mulheres, os jovenzinhos viravam-se para olhar para ela e lhe sorriam e a bendiziam com os olhos, como a sua soberana, o seu símbolo de beleza e de fé: tão longe deles, e ainda assim no meio deles e da sua miséria, como a rosa-mosqueta no meio da amoreira.

Antes de sair, a empregada passou-lhe água benta com a ponta dos dedos e, quando estavam à porta, inclinou-se para bater com a mão o pó do degrau do altar que tinha ficado na roupa dela.

Ao levantar-se, viu o rosto palidíssimo de Agnese virado para o canto da igreja onde estava a mãe do padre: ela estava imóvel, sentada, apoiando-se na parede, com a cabeça reclinada sobre o peito, e parecia estar fazendo força para segurar, de fato, a parede, como se temesse que ela desmoronasse.

Uma mulher, percebendo a atenção de Agnese e da empregada, virou-se também para olhar; então, de um salto, aproximou-se da mãe do padre, chamou em voz baixa, levantou-lhe o rosto com a mão.

Os olhos da mãe estavam entreabertos, mas vítreos, e a pupila tinha subido, desaparecido; o rosário caiu de sua mão, a cabeça inclinou-se para o lado da mulher que a estava apoiando.

– Ela está morta! – gritou a mulher.

Em um instante, todos se levantaram e foram para o fundo da igreja.

Paulo, nesse momento, já tinha entrado na sacristia com Antioco que levava o livro dos Evangelhos.

Estava tremendo: tremia de frio e de alegria; tinha realmente a sensação de alguém que tinha sobrevivido a um naufrágio e sentia a necessidade de se movimentar para se aquecer, para se convencer de que tudo tinha sido um sonho.

Um barulho confuso de vozes, que começou leve e foi ficando cada vez mais forte, entrava pela igrejinha. Antioco esticou a cabeça para a porta e viu toda aquela gente parada lá no fundo, como se a porta estivesse obstruída; mas um velho já estava subindo os degraus do altar fazendo gestos misteriosos.

– A sua mãe está se sentindo mal.

Paulo desceu voando, ainda com a túnica, e ajoelhou-se, apertado em meio à multidão, para ver melhor a mãe deitada no chão com a cabeça no colo de uma mulher.

– Mãe, mãe?

O rosto estava firme e duro, os olhos entreabertos, os dentes ainda cerrados pelo esforço para não gritar.

Ele entendeu logo que ela tinha morrido do mesmo sofrimento, do mesmo terror que ele tinha conseguido vencer.

E ele também cerrou os dentes para não gritar quando levantou os olhos e, na nuvem confusa da multidão que se acumulava ao seu redor, encontrou os olhos de Agnese.

A Autora

GRAZIA DELEDDA nasceu em 27 de Setembro de 1871, em Nùoro (Sardenha – Itália), centro de grande força cultural. Foi a quinta de sete filhos. Veio de uma família rica e isto lhe deu a possibilidade de continuar a sua instrução como autodidata, após os limitados estudos que eram permitidos às mulheres no fim do século XIX. Dedicou-se muito ao aprendizado do italiano, que para ela, sendo sarda, era uma segunda língua.

Contrariada pela sua família e pela comunidade de Nuoro, iniciou fazendo algumas publicações sob pseudônimo.

Sempre foi pró-ativa e logo enviou propostas a diversas revistas sardas e de toda a Itália. No primeiro período de sua carreira de escritora, dedicou-se com paixão aos estudos das tradições populares sardas. Todo o material recolhido sobre o folclore sardo manifesta-se em suas obras.

Com pouco mais de vinte anos, já colaborava com numerosas revistas de todo o país, já havia publicado vários contos e os primeiros romances. Seu primeiro conto, *Sangue sardo*, foi publicado em 1888 na revista romana "Ultima moda" e, neste mesmo ano, o seu primeiro romance, *Memorie di Fernanda*. Em 1890, publicou sua primeira coleção de histórias, *Nell'azzurro*.

A partir de 1895, iniciou a colher os frutos de seu trabalho. O romance *La via del male* foi recebido com sucesso pela crítica e, então, seus romances começaram a ser traduzidos no exterior.

Em 1900, casou-se e mudou-se para Roma, de onde nunca mais saiu, somente para breves viagens.

A partir deste período, publicou quase um livro por ano. Seus romances foram mais de trinta e seus contos aproximadamente quatrocentos. Para recordar alguns: *As indecisões de Elias Portòlu* (1900), *Cinzas* (1903), *L'edera* (1908), *Caniços ao vento* (1913), *L'incendio nell'oliveto* (1918), *La danza della collana* (1924).

Almejava ter um público de toda a Itália para que conhecessem a Sardenha. Suas obras foram todas escritas em italiano, apesar de usar muitas expressões e palavras em língua sarda, que eram evidenciadas e traduzidas pela própria autora.

Seu interesse pela profundidade dos personagens mostrou aos críticos uma semelhança ao romance decadente e simbolista. Por sua vez, suas representações da vida da província sarda foram comparadas aos romances realistas.

Com o amadurecimento, abandonou o amplo panorama da literatura europeia para dedicar-se quase que exclusivamente à sua terra, que ainda não possuía uma estética sob o ponto de vista literário.

Grazia Deledda, sempre consciente da vanguarda de suas obras, teve o seu sonho de tornar-se uma escritora coroado em Estocolmo em 1927, quando recebeu o Nobel de Literatura *«for her idealistically inspired writings which with plastic clarity picture the life on her native island and with depth and sympathy deal with human problems in general»*.

Os romances mais maduros tiveram um público muito amplo também a nível europeu, pois mesmo tendo o cenário privilegiado da Sardenha, tratam de dramas universais, como paixão, desejo, pecado e culpa. Os personagens estão sempre ao centro de um conflito de desejos e tabus. Lutam contra as proibições impostas pela sociedade, princípios religiosos, velhos códigos comportamentais e também contra as forças da própria consciência, sempre em jogo entre o desejo de vida e o sentido de culpa. Mas quase sempre são derrotados pelo destino, ao qual não conseguem opor-se.

Estes temas, provenientes de inúmeras leituras da autora, são enriquecidos pelo cenário das paisagens sardas, sempre ao centro de sua escritura como verdadeiras protagonistas.

Nos dez anos sucessivos ao recebimento do prêmio Nobel, suas obras continuaram com um forte rítmo: *Annalena Bilsini* (1927), *Il vecchio e i fanciulli* (1928), *Il paese del vento* (1931), *L'argine* (1934), *La chiesa della solitudine* (1936). Também foi muito consistente o número de obras traduzidas.

Grazia Deledda faleceu em Roma em 15 de Agosto de 1936 e está sepultada em Nuoro, na Chiesa della Solitudine.

Em 1936, foi lançado seu romance póstumo de caráter autobiográfico, *Cosima*, precioso legado sobre a sua juventude e o seu percurso como escritora.

A série "Le Grazie"

La madre, 1919
Il segreto dell'uomo solitario, 1921
Il Dio dei viventi, 1922
Il flauto nel bosco, 1923
La danza della collana, 1924
La fuga in Egitto, 1925
Il sigillo d'amore, 1926
Annalena Bilsini, 1927
Il vecchio e i fanciulli, 1928
Il dono di Natale, 1930
La casa del poeta, 1930
Il paese del vento, 1931
La vigna sul mare, 1932
Sole d'estate, 1933
L'argine, 1934
La chiesa della solitudine, 1936
Cosima, 1936

Todos os títulos estão disponíveis em formato e-book (epub, Kindle).